U0124818

唐诗分时记

雪片一冬深

陆蓓容——编著

浙江文艺出版社
Zhejiang Literature & Art Publishing House

图书在版编目(CIP)数据

唐诗岁时记.雪片一冬深/陆蓓容编著.—杭州：浙江文艺出版社，2023.8

ISBN 978-7-5339-7257-8

Ⅰ.①唐… Ⅱ.①陆… Ⅲ.①唐诗-诗歌欣赏 Ⅳ.①I207.227.42

中国国家版本馆CIP数据核字(2023)第102807号

策　　划　柳明晔　　数字编辑　姜梦冉　诸婧琦
责任编辑　徐　全　　封面设计　棱角视觉
责任校对　陈　玲　　版式设计　吕翡翠
营销编辑　余欣雅　　责任印制　吴春娟

唐诗岁时记·雪片一冬深

陆蓓容　编著

出版发行　浙江文艺出版社
地　　址　杭州市体育场路347号
邮　　编　310006
电　　话　0571-85176953(总编办)
　　0571-85152727(市场部)
制　　版　浙江新华图文制作有限公司
印　　刷　浙江海虹彩色印务有限公司
开　　本　880毫米×1230毫米　1/32
字　　数　60千字
印　　张　6.375
版　　次　2023年8月第1版
印　　次　2023年8月第1次印刷
书　　号　ISBN 978-7-5339-7257-8
定　　价　56.00元

版权所有　侵权必究

前言

古人的岁首是元旦,春天则从立春开始。立,可以理解为“始”,立夏、立秋与立冬也是同理。

在春天刚刚来临的时刻,唐代的诗人们会有一点点惊讶和喜悦——杜审言就曾说,“偏惊物候新”。如若你略微熟悉文学传统,就能想到,这种情感一直绵亘到明代的戏曲之中——汤显祖让柳梦梅唱出了“惊春谁似我”。

中国幅员辽阔,风俗处处不同。可在节气的名字指引下,每当岁序轮回到这几个日子,大家心上都能产生一点微微的共振:那些熟悉的季节,以及与它伴生的感受,又将来到我们的生命之中。

从某种程度上说,正因为传统历法一直使用至今,与它密切相关的节气、节日传统也都绵延未绝,我们才有与古人共享一些知识和情怀的可能性,更有可能去理解一个“中国古代诗人”,在四季的阴晴雨雪中看什么,想什么,写什么。反过来想,也正因为每一代人积极、丰富和广泛的使用,才让这一套文化传统轻松地传承下去：前人也许真正依照岁时来安排年中行事，而后人至少还能借助文字，想象那种生活的滋味。

近年陆续编写了一些以唐诗宋词和历代古画为素材的日历。最初的设想，就是让文本与节令相契，绘画与文本相合，希望它们匹配得严密、真切而有趣。不过，这些窄窄的小册子都是一日诗词一日画，全年各占一半篇幅。若是每一日都共同呈现，翻阅实在不便，有负于它的“产品属性”。

五六年来，为选目而经眼的作品已不太少。也常想在诗词和绘画的陪伴下，完完整整地走过一年，以弥补过去那些“产品”的遗憾，因此动念做一本新书。日历的开本小，解说余地有限，不能处处分析古人的匠心。既是做书，字数的限制少了，说理的空间就大。于是精选了我最喜欢的诗，先按岁序排列，再尝试讲了些典故为何恰切，对仗为何巧妙，同一主题如何各擅胜场，相似的表达手法怎么总能奏效。也尝试比着讲：春天和秋天里，谁用了同样的手法；同一类作品，白居易怎样直接，杜牧如何宛曲。尝试连起来讲：参与了永贞革新的诗人们，星散各地，各有名篇；李白寄愁心与明月之后，王昌龄醉别江楼。这些工作好似飞花摘叶，牵丝攀藤，我在那些清词丽句的迷宫里，重温了自己年少时的旧梦。

配画也有一些新的调整。历年积攒的古画图像越来越多，可以在不同选项里挑最好的。“停车坐爱枫林晚”，选陆治画的卡通小人儿。《夜宴左氏庄》，选检书、烧烛的真实场景。找到“落日照大旗”与“雪拥蓝关马不前”的真切诗意图；再找一些群众演员，去杜甫诗里打枣摘桃子。我在绘画世界里工作的时间，已经快和读诗的少年时代等长了。所以斗胆给每幅画加上了说明，根据不同的情况，或描述画面，或介绍作者、风格和作品价值。

到写这篇小引时，书籍的内容和形式都已做过好几遍调整，编辑与设计师付出了辛勤的劳动。它以年为单位，以四季来分册。我们都希望它像真正的日脚那样轻捷，不再与具体的某岁某时固定在一起。因此所有绑定了节气的日期，都是概念化的。如同大家耳熟能详的《节气歌》所言，它们可能偶尔会和今年、明年、后年的正日子偶尔“最多相差一两天”。

如果说这样的安排里也藏着一点奢望，那就是：这部小书能在眼下的岁时中停留久一点。但愿它有机会陪人走进一些唐诗里的岁时。

陆蓓容

癸卯夏至

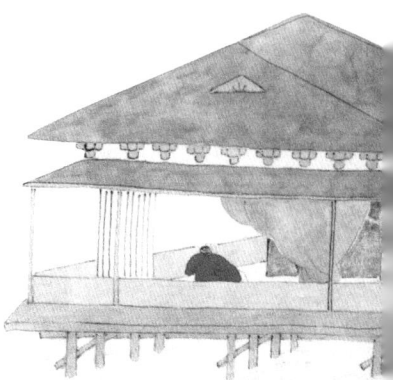

目录

004 冬夜闻虫
唐·白居易

006 赠猎骑
唐·杜牧

008 登荆州城望江
唐·张九龄

010 静夜思
唐·李白

012 白小
唐·杜甫

014 山中
唐·王维

016 杜工部蜀中离席
唐·李商隐

018 馆娃宫怀古
唐·皮日休

020 泊秦淮
唐·杜牧

022 月夜
唐·杜甫

024 杂曲歌辞
唐·刘禹锡

026 芙蓉楼送辛渐
唐·王昌龄

028 城外
唐·李商隐

030 远山
唐·吴融

032 自巩洛舟行入黄河即事寄府县僚友
唐·韦应物

036 惊雪
唐·陆畅

038 偶诗·其五
唐·司空图

040 后出塞五首·其二
唐·杜甫

042 问刘十九
唐·白居易

044 霜月
唐·李商隐

046 对雪献从兄虞城宰
唐·李白

048 洛中送韩七中丞之吴兴口号五首之一
唐·刘禹锡

050 自遣诗三十首·其一
唐·陆龟蒙

052 汴河阻冻
唐·杜牧

054 送魏二
唐·王昌龄

056 孤雁
唐·杜甫

058 重送绝句
唐·杜牧

060 和裴美初冬偶作
唐·陆龟蒙

062 前出塞九首·其七
唐·杜甫

064 送李侍郎赴常州
唐·贾至

068 逢雪宿芙蓉山主人
唐·刘长卿

070 送杜少府之任蜀州
唐·王勃

072 宾至
唐·杜甫

074 君不来
唐·方干

076 望蓟门
唐·祖咏

078 华清宫
唐·吴融

080 十一月中旬至扶风界见梅花
唐·李商隐

082 早花
唐·杜甫

084 夜期友生不至
唐·姚合

086 穷冬曲江闲步
唐·裴夷直

088 左迁至蓝关示侄孙湘
唐·韩愈

090 明月夜留别
唐·李冶

092 寄杭州崔使君
唐·裴夷直

094 宿友人山居寄司徒相公
唐·李建勋

096 酬乐天扬州初逢席上见赠
唐·刘禹锡

098 小至
唐·杜甫

102 冬至
唐·杜甫

104 夜雪
唐·白居易

106 舟中月明夜闻笛
唐·于鹄

108 冬日平泉路晚归
唐·白居易

110 夜宴南陵留别
唐·李嘉祐

112 渭上题
唐·温庭筠

114 嫦娥
唐·李商隐

116 夜上受降城闻笛
唐·李益

118 阁夜
唐·杜甫

120 登幽州台歌
唐·陈子昂

122 休暇日访王侍御不遇
唐·韦应物

124 寓 题
唐·杜牧

126 洛桥晚望
唐·孟郊

128 早寒江上有怀
唐·孟浩然

130 西归绝句·十二
唐·元稹

134 冬日峡中旅泊
唐·刘言史

136 泊鸟矶江馆
唐·赵嘏

138 子初郊墅
唐·李商隐

140 赋得自君之出矣
唐·张九龄

142 独酌
唐·杜牧

144 终南望余雪
唐·祖咏

146 咏闲
唐·白居易

148 送友人
唐·薛涛

150 旅次寄湖南张郎中
唐·戎昱

152 途中有怀
唐·温庭筠

154 寄友二首·其一
唐·李群玉

156 出东阳道中作
唐·方干

158 金陵图
唐·韦庄

162 江雪
唐·柳宗元

164 题齐安城楼
唐·杜牧

166 对雪
唐·李商隐

168 观猎
唐·王维

170 过天门街
唐·白居易

172 病马
唐·杜甫

174 湘口送友人
唐·李频

176 题陈胜林园
唐·皇甫冉

178 洛阳河亭奉酬留守群公追送
唐·李益

180 冬晚对雪忆胡居士家
唐·王维

182 长安逢故人
唐·吴融

184 春情
唐·张起

186 杜位宅守岁
唐·杜甫

188 酬王十八李大见招游山
唐·白居易

190 和晋陵陆丞早春游望
唐·杜审言

冬

立冬

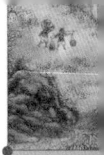

水始氷

地始凍

雉入大水為蜃

初候，水始冰。

刚刚结冰的水，在冰面以下依然流动。当你发现这一切，便意识到：一切我们以为不变的东西，都在悄悄地变化着。

杜牧就曾经有过这样的感受。他说：『浮生却似冰底水，日夜东流人不知。』

二候，地始冻。

大地披上了坚甲。

三候，雉入大水为蜃。

蜃，是蚌一类的生物。古人觉得它是雉鸡所变。这些错误的观察和归因固然不足再谈，可也须得承认：那些观察不够严密，『科学』未能统摄一切的地方，是奇幻想象的温床。

有些绮丽到不真实的诗句，也该从『想象』上去理解。譬如李商隐的许多《无题》。

冬夜闻虫

唐·白居易

虫声冬思苦于秋，

不解愁人闻亦愁。

我是老翁听不畏，

少年莫听白君头。

11月7日　立冬

诗有力拔千钧的，也有闲闲如话的。只要抱着开放的态度来欣赏，都有可取之处。白居易诗以浅近易懂出名，抒情说理可不含糊，有时，朴实的道理最能打动人。

他说："冬天的昆虫们寿命将尽，叫起来比秋天更加凄悲。我已经老了，心如铁石，早已能够正视无情的岁月，所以不再怕听悲切的虫鸣。可是少年人，请你们不要去听这些声音。它们消磨人的心志，喻示着岁月流逝。听过一个又一个冬天，你们也就走进了暮年。"

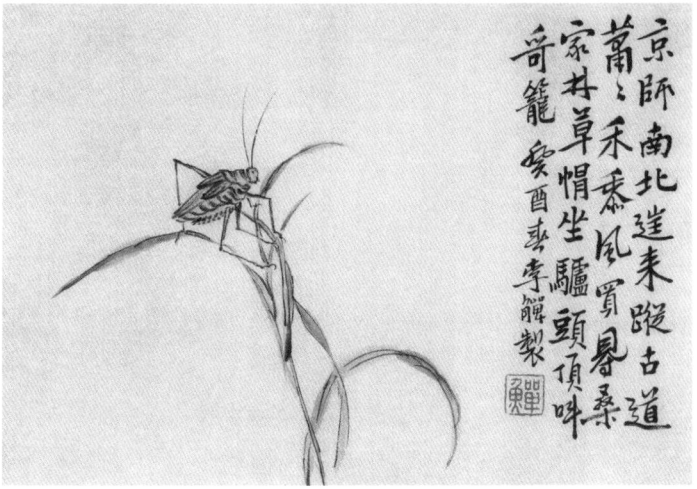

清·李鱓·花卉图册·一

扬州八怪的时代，一些更为鲜艳的颜料普及了。碧绿的虫儿在枯草上啼鸣，它是一只蝈蝈儿。

赠猎骑

唐·杜牧

已落双雕血尚新，鸣鞭走马又翻身。

凭君莫射南来雁，恐有家书寄远人。

11月8日

白居易如此耿直，而杜牧如此委婉。读诗至今，我们一定要培养这样的认识：有些诗直抒胸臆，有些诗曲意回环。写得透彻，藏得巧妙，都可以成为名篇。事实上，欣赏一切文学作品，都要抛弃先入为主的偏见，抱同样的平和与宽容。

赞美猎人身手矫捷，等于当面拍马。好话说完，立刻转折，请他不要打落大雁，以免有些人收不到雁足上系带的书信。表面看来，只是一颗无理而多情的仁慈之心。事实上，也许杜牧自己就在等，那一封迟迟没有收到的家书。

◆ 凭：请，请求。“凭君”，即“请你”，是唐诗常见表达法，如“凭君传语报平安”。

清·萧晨·山水图册·三

画中的猎人骑着马，架着鹰。马儿驮着猎物，正在奋力奔跑。

登荆州城望江

唐·张九龄

滔滔大江水，

天地相终始。

经阅几世人，

复叹谁家子。

11月9日

长江远远流去，它与天地同寿。它看见过多少代人的兴衰？它的涛声，又是在为哪一个人的命运叹息？望着长江，许多想法萦绕不休，那正是张九龄心里的浪奔浪流。

我们常被眼前的生活牵绊，古人心里，倒真的常有“诗和远方”，并且常常异曲同工。这首诗的意思，和张若虚《春江花月夜》中的名句十分相似——人生代代无穷已，江月年年只相似。不知江月待何人，但见长江送流水。江也好，月也好，在恒久的事物面前，人生永远短暂，人类永远渺小。

明·佚名·仿夏圭长江万里图卷（局部）

空江流水，杳无行人。反倒该问，会有“谁家子”，去江水旁咏叹？

静夜思

唐·李白

床前明月光，

疑是地上霜。

举头望明月，

低头思故乡。

11月10日

一个小问题，诗里有几个动作呢？先低头，看到了月光，以为是霜。再抬头，确认了那是月光。最后又低头，思念着家乡。

又有几重感情呢？最初是惊讶，继之以恍然，而终于怅惘。

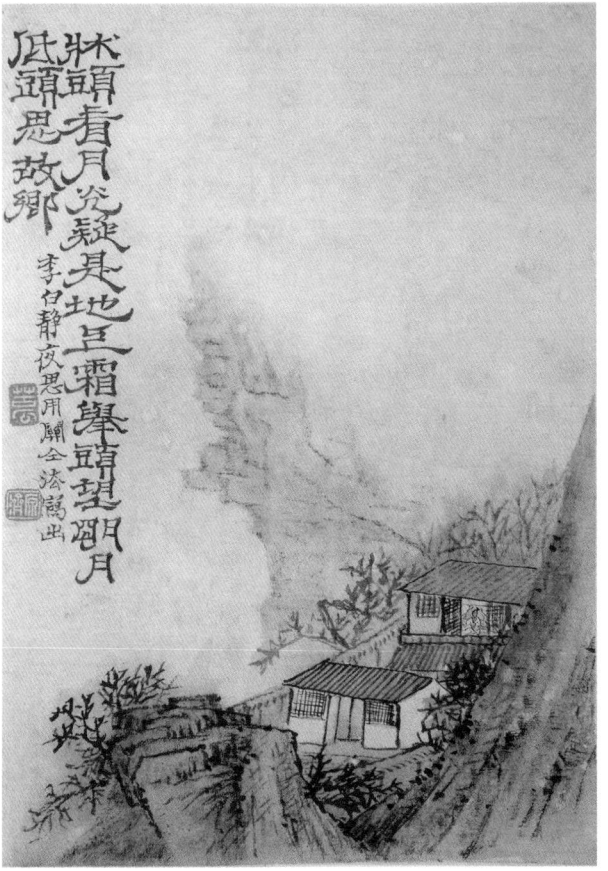

清·石涛·唐人诗意图册·三

画中并无月亮，只是设色清透，显得小楼小树小人儿都沐浴在月光中。请看得仔细些——小人儿分明坐在一顶帐子底下。那才是真正严格的“床前”。

白小

唐·杜甫

白小群分命，天然二寸鱼。

细微沾水族，风俗当园蔬。

入肆银花乱，倾箱雪片虚。

生成犹拾卵，尽取义何如。

11月11日

银鱼太小了。说是鱼族，其实不过如同蔬菜一般；必须竭力捕捉，才够一盘菜的分量。它像银花，像雪片，娇小可爱。人类若像捡鸟蛋一样，捉它吃它，务求其尽，岂不有伤于道义吗？

全篇字面纤秀可爱，可用意颇为深远。那个满怀真善美的杜甫，永远不放弃追问：敲骨吸髓，征求务尽，真的合理吗？对鱼如此，尚且不义；那么，对人呢？

◆ 白小：指银鱼。

◆ 群分命：指白小群聚在一起，与其他鱼类相区别。

明·沈周·东庄图册·二十一

小亭子里的人儿倚着栏杆，撅着屁股，努力探身看小鱼。

山中

唐·王维

荆溪白石出，

天寒红叶稀。

山路元无雨，

空翠湿人衣。

11月12日

叶落天寒的季节，未必没有色彩。枯水期，河床里的石头是白的。一些树叶是红的。水汽蒙蒙，笼罩着一座苍翠的山峦。这一切使人感到山中还很温暖，入山还令人喜悦。那仿佛沾湿衣服的“空翠”，似真似幻，尤其可爱。只有真正有过经验，探索过自然的人，才能及时捕捉它。

◆ 荆溪：本名长水，又称浐水，源出陕西蓝田县西南秦岭山中，北流至长安东北入灞水。《暮春浐水送别》，所写的地方就是这儿。

◆ 元：原来，原本。

清·查士标·山水册·四

“天寒红叶稀”，可小人儿穿着红衣，甩着袖子，高高兴兴走在山路上呢。

杜工部蜀中离席

唐·李商隐

人生何处不离群，世路干戈惜暂分。

雪岭未归天外使，松州犹驻殿前军。

座中醉客延醒客，江上晴云杂雨云。

美酒成都堪送老，当垆仍是卓文君。

11月13日

在阅读古典文学作品时，不但要注意理解诗人运用的古代典故，也要尝试分析那些在诗人写作的“当代”，刚刚被使用的新词语。杜甫就常常把他所见的时事写进诗里。李商隐学到了这个本领，写出了“雪岭未归天外使，松州犹驻殿前军”，指明唐朝与吐蕃战和不定。

学习名家，又需要精准把握名家的写作手法。杜甫精于对仗，句法夭矫腾挪，常有言外之意。而本篇的“座中醉客延醒客，江上晴云杂雨云”一联，就有力又多姿，同时又用宾主醒醉暗指心情复杂，用天气阴晴暗指局势多变。

这样学，才叫作“深得神髓”。

◆ 杜工部：指杜甫，杜甫当过检校工部员外郎，故称。诗题“杜工部蜀中离席”，是指效仿杜甫律诗的风格写作了这首《蜀中离席》。真正高水平的诗人，都懂得向高手学习。李商隐学杜甫，辛弃疾学李清照，都是好例子。

◆ 雪岭：四川西北部的雪山。这是当时汉族与少数民族的天然分界线，吐蕃、党项都聚集在雪山之外。出使招抚，犹未归还。

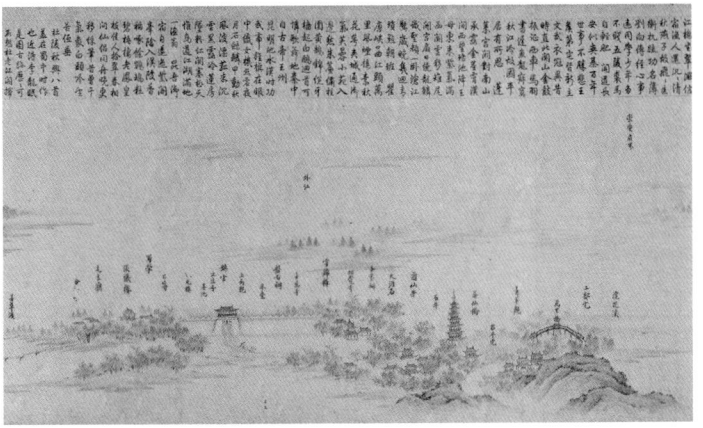

（传）宋·李公麟·蜀川胜概图卷（局部）

这是一件带有地图性质的神奇作品，从晚明开始，人们相信它的作者是北宋名家李公麟。画中的一段正是成都。城门上方写着“锦官”，画面右侧有“万里桥”和“工部宅”，那正是杜甫的居所。而李商隐当年，也正是在这里参与了那一场“离席”。

馆娃宫怀古

唐·皮日休

绮阁飘香下太湖，

乱兵侵晓上姑苏。

越王大有堪羞处，

只把西施赚得吴。

11月14日

吴王还在太湖边的宫殿楼阁里沉醉，越国的兵已经趁着黎明攻下了苏州城。历来诗人歌咏这段历史，都绕不开西施这个关键人物。皮日休说：越王胜之不武，令人不齿。他只知道使用美人计，从来没有想过那个被牺牲的美人。

咏史诗有很多种写法。有时不必讲究技巧，只要坦坦荡荡地亮出自己的观点，就足够响亮，掷地有声。

◆ 馆娃宫：坐落在江苏苏州的灵岩山上。春秋时期，吴王为西施兴建了这座宫殿。

◆ 侵晓：天色将明时。

◆ 赚：诓骗。这里指不以力取，使用美人计。

（传）五代·周文矩·西子浣纱图页

此前说过许多次，早期册页图像的“作者”常常不可靠。因为在作品上署名是较晚的习惯，而收藏者又总想让自己的藏品暴得大名。此页题为周文矩作，自然不太可能。大家姑且欣赏一下西子浣纱的形象吧。

泊秦淮

唐·杜牧

烟笼寒水月笼沙，

夜泊秦淮近酒家。

商女不知亡国恨，

隔江犹唱后庭花。

11月15日

陈亡于隋，隋又亡于唐。在小李杜的时代，六朝更迭的历史还不是很遥远，读书人大抵熟悉，所以他们也能在日常生活中想起这段往事，信手拈来，成为诗料。秦淮河穿六朝古都南京城而过，因此本篇与《馆娃宫怀古》一样，是作者身临其境，才有感而发的。但杜牧更含蓄一些，他不肯直接发议论，而要我们通过真实的事情，自己产生沉痛的感觉。

这件事，就是“隔江犹唱后庭花”。城犹在，国已亡，曲仍传。亡国之恨，本来也不该要求歌女们来承担：我们该想，那时那夜，在江畔听曲的衮衮诸公，也不知道唐王朝已经快要落幕了。

◆ 商女：歌女。

◆ 后庭花：即《玉树后庭花》，是南朝陈后主所作之曲。八月份，我们学过李商隐的《隋宫》。那首诗的末句，正是“岂宜重问后庭花”。

宋·佚名·江城夜泊图页

许多活动，今日已淡出了城市生活，而在漫长的古代，它是人们的日常。山脚下，水岸边，夜泊景象大抵如此。

月夜

唐·杜甫

今夜鄜州月，闺中只独看。

遥怜小儿女，未解忆长安。

香雾云鬟湿，清辉玉臂寒。

何时倚虚幌，双照泪痕干。

11月16日

至德元年（756）秋天，安史之乱方殷。杜甫把家眷安顿在鄜州，自己想到灵武（在今宁夏，黄河东岸，现由银川市代管）去投奔唐肃宗。途中不幸被乱军抓住，带回长安。这就是本篇的背景。全篇构思非常巧妙，不单说自己，也不单说对方：首联、颈联写的是想象中的妻子。她独自承担着忧虑与思念，在雾露朦胧的秋夜里看着月亮，浑身被寒色笼罩。颔联、尾联写的却是自己，想念不解事的儿女，也想念经历了忧惧的她；想和她站在一起，让月光抚去脸上的泪痕。

这首诗极其动人。说不懂事的孩子们，根本不知道爸爸遭遇了什么，也不可能在月光里思念长安，这是一种残酷的真实。可加上“遥怜”二字，说自己这位老父亲，明知如此，也还是远远地牵挂着孩子们，这残酷便立刻变得慈悲了。说“双照泪痕干”，在那时当然只是个愿望，不过包含着许多意蕴。譬如理解。他相信妻子在独自看月的时候一定难过而无助，否则何以有泪痕？譬如希望。在乱世里，最难实现，却也最难放弃的，正是这一点微末的光芒。

清·袁江·山水人物图册·三

明月下，栏杆前，一对小人儿相见了。“双照泪痕干”。

杂曲歌辞

唐·刘禹锡

城西门前滟澦堆，

年年波浪不能摧。

懊恼人心不如石，

少时东去复西来。

11月17日

刘禹锡曾在夔州为官，那也是杜甫生活过的地方。滟澦堆就在城门外，是朝朝暮暮都能看见的风景。乱石坚固，波浪不能使它摧折。可是人却不像石头那样坚定，在很短的时间里就会改变想法。

有些诗写风景，只是为了写风景。有些诗却是要借着它们来刻画人心。

◆ 滟澦堆：长江瞿塘峡口的险滩，在奉节县以东，是历代诗词歌咏过的长江名胜，但为了拓宽长江航道，已于1958年炸除。残石收藏在重庆的三峡博物馆。

清·石涛·山水册·四

江流中间的巨石，便是画家想象中的滟澦堆。

芙蓉楼送辛渐

唐·王昌龄

寒雨连江夜入吴，

平明送客楚山孤。

洛阳亲友如相问，

一片冰心在玉壶。

11月18日

此诗大约作于开元二十九年（741）以后。当时王昌龄任江宁丞，而辛渐正要离开南方回到洛阳。说是送人，其实都在剖白自己，托对方带话：如果洛阳的亲友问起我，请告诉他们，我心依旧冰清玉洁。

读唐诗，要掌握一点儿历史地理。芙蓉楼所在的江东一带，曾是吴、楚先后统治的地区。所以雨点能够“入吴”，送客的行人又望见了“楚山”。大诗人从不浪费字眼，把吴楚二字写进诗句，既能够增添古意，也是为题目造势：楼上送客，所见必定广远，因此吴楚大地都在眼中。

若论格调，本篇固然超出尘外；可多读些作品就会知道，这种把话头绕回自己身上的写作手法，并不新鲜。

◆ 芙蓉楼：在今江苏省镇江市西北。

元·赵原·晴川送客图轴

高山下，流水旁。行人在船，送者在岸。原来在元人笔下，这些明清时期习见的送客图元素，已经使用得如此纯熟。

城外

唐·李商隐

露寒风定不无情，

临水当山又隔城。

未必明时胜蚌蛤，

一生长共月亏盈。

11月19日

我们学习过很多严格扣题的作品，因为“扣题”正是好诗的得分项之一。此篇却是截然不同的一类作品，它说明：有些题目很可能是信手拈来。也许根本无心拟题，也许故意要遮掩真实的主题。将来，读者们若能学习一些文献学知识，还将知道：许多唐诗的题目，都已在文集编撰过程中经过复杂的改变，当我们讨论“点题”的时候，不要总觉得理所当然。

城外有月光。它黯淡、遥远、不可捉摸，让人徘徊惆怅。可是转念想想，就算月亮圆了，也未必就有珍珠般的亮泽，更不能像它一样永远浑圆明净。人的一生起起落落，从来不可能永远圆满，也正如这月亮，总是暂满还亏。

忧愁多思，而不离于美。李商隐几乎是天生的诗人。

◆ 蚌蛤：即蚌。这里指蚌壳里的珍珠。

清·余集·梅下赏月图轴

这是一张好画儿。设色清秀，构图简净，余味悠长。梅花几乎还没有开，画中人负手望月，留给我们一个背影。他在想什么呢？

远山

唐·吴融

隐隐隔千里，

巍巍知几重。

平时未能去，

梦断一声钟。

11月20日

面对的诗篇越小，越要尝试理解其中的每一个意象，因为它们承担的表意功能特别重。在这首诗里，最需要注意的就是钟声。深山中有寺庙，晨钟暮鼓，所以诗人能听见它。

这声音使他感到苦恼。那座山近在眼前，其实不知多高，又不知多远。那钟声每一天都在提醒他：无数次打算远行，都因为诸事繁杂而搁置了计划，居然一直没有出门离家进山去。

明·顾正谊·山水图轴

群山巍巍，屋子远在右上，可小人儿分明在左下，正拄着杖过小桥。一定要像画中人一样，勇敢地抛下俗事，迈出家门，走进自然。

自巩洛舟行入黄河即事寄府县僚友

唐·韦应物

夹水苍山路向东，东南山豁大河通。

寒树依微远天外，夕阳明灭乱流中。

孤村几岁临伊岸，一雁初晴下朔风。

为报洛桥游宦侣，扁舟不系与心同。

11月21日

题目告诉我们，小舟本在小河中，一下子落进黄河里。观察事物的参照系陡然变了，视野放宽，眼眸豁然。河道宽了，岸上的树变远了。河流湍急，水里的夕阳影子乱了。伊水岸边的村子，不知已经存在了多久。一只孤雁在晴冷天里逆风低飞下去。

题目还说，诗是寄给同僚们的。所以最末两句，对着他们喊话：这颗心早已无所挂碍，不在乎官位高下，也不在乎做官的日子了。就像这叶小船不系缆绳。

三天前曾经讲过，《芙蓉楼送辛渐》的写作手法并不特别。读一读“为报洛桥游宦侣，扁舟不系与心同”，再想想“洛阳亲友如相问，一片冰心在玉壶”。读者可能明白其间的异曲同工之处？

◆ 巩洛：古代巩、洛都是地名，在今河南洛阳一带。这里当指洛河，至巩县（今巩义市）汇入黄河。

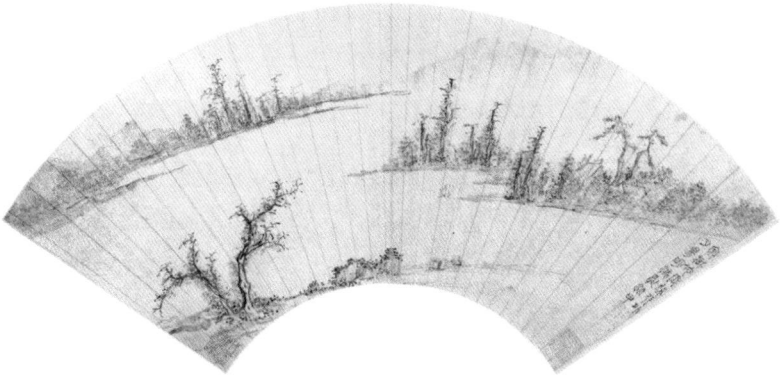

明·钱穀·山水扇页

诗意图不拘形式。即使是一面小小的扇页，也能画出尺幅千里之感。黄昏了，水上雾气迷蒙，树叶染上微黄，远山是一抹似有似无的蓝。画面右端的题字，用了篆书。仔细看看，不正是“寒树依微远天外，夕阳明灭乱流中”吗？

小雪

虹藏不見

天氣上升
地氣下降

閉塞而成冬

初候，虹藏不见。

彩虹不再出来了。毕竟，在北方，这时已是雪的世界。没有雨，也就不会有彩虹。

二候，天气上升，地气下降。

古人相信天的属性为阳，地的属性为阴。阳气上升，阴气沉降。严寒低垂如幕，万物几乎不再生长。

三候，闭塞而成冬。

阴阳之气几乎不再流动，万物闭塞，成了真正的冬天。诗人忙忙碌碌，若非冲风冒雪，赶着在岁暮时还乡，就是穿得厚厚的，在火炉边烤芋头，再不然，也许会厌倦日复一日的『上班』，羡慕江上渔翁，能够『独钓寒江雪』。

惊雪

唐·陆畅

怪得北风急，

前庭如月辉。

天人宁许巧，

剪水作花飞。

11月22日　小雪

小雪节气到了。北风带来新雪，它明亮皎洁，如月光一般，照亮了庭院。“造物主竟有如此巧思，水到了它手里，也能被剪成漫天飞花”。

这想法天真又喜悦。保留天真，是成为诗人的秘诀之一。

明·杜琼·南村别墅图册·十

画中有一片前庭。它已经被白雪覆盖，一片晶莹“如月辉”了。

偶诗 · 其五

唐 · 司空图

中宵茶鼎沸时惊，

正是寒窗竹雪明。

甘得寂寥能到老，

一生心地亦应平。

11月23日

深夜里被茶沸之声惊起，眼前一片明亮，才知道雪已经落在了竹枝上。人在屋中，雪从天降，世界孤清而平和。

如果诗人自己没有讲，通常不必从作品中强行“提炼”出大道理来，那往往只是些“作者未必然，而读者不必不然”的发散感受罢了。可这一天，作者讲了，我们便要好好倾听。这句话非常平静，听着雪声度过深夜的人，确实说得出来：如果甘心一生耐受寂寞，相应地，平静和乐的心态也会久久相随。

明·邵弥·山水人物图册·八

雪山下，群树间，柴门中，小人儿静静坐着，仰首望着。世界里只有他一个人。

后出塞五首 · 其二

唐 · 杜甫

朝进东门营，暮上河阳桥。

落日照大旗，马鸣风萧萧。

平沙列万幕，部伍各见招。

中天悬明月，令严夜寂寥。

悲笳数声动，壮士惨不骄。

借问大将谁，恐是霍嫖姚。

11月24日

《后出塞》组诗，应作于天宝十四年（755）冬，那正是安史之乱前夕。五首诗以一个士兵的视角，描绘从少年参军到垂老归来的过程。

这是第二首。兵士才刚刚入伍，所见如下：部队精锐，早上从洛阳出发，晚上已到了黄河边；纪律严明，入夜各归帐幕，寂然无声；气氛肃杀，黄昏马鸣，深夜悲笳。他以为自己遇到了一位像霍去病那样极富才能的将领。

可惜，如果大家完整地读过这五首诗，就将知道，它们的诗笔很精细，诗意则很悲哀。杜甫是想说：一代人的生命，因穷兵黩武而白白耗尽。

◆ 部伍：部曲、行伍。这句话是说，每个部伍都有自己的帐幕，所以每部都召回自己的士兵。

◆ 霍嫖姚：汉代名将霍去病，曾任嫖姚校尉。

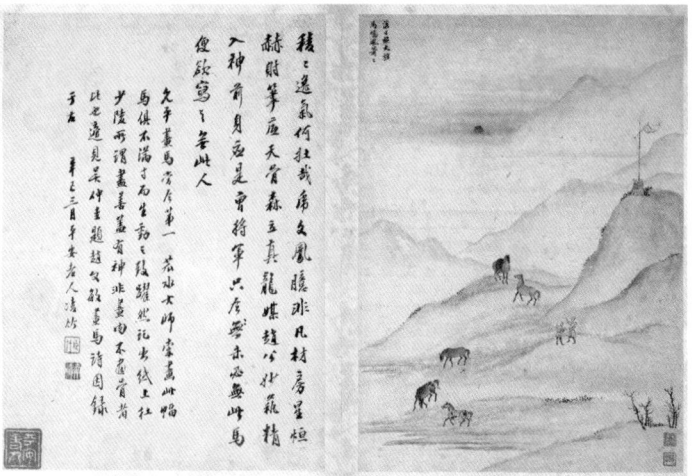

清·徐方·出征图页

“落日照大旗，马鸣风萧萧”的战争场面，古画中并不多见，万幸我们还能遇见这一幅诗意图。

问刘十九

唐·白居易

绿蚁新醅酒，红泥小火炉。

晚来天欲雪，能饮一杯无。

11月25日

古人作对子，很爱以红配绿。有时是真实的，譬如“山横翠后千重绿，蜡想歌时一烬红”。有时不是：绿蚁只是酒渣，红泥也只是陶土的颜色。它们本来并不鲜明。如此设置，只是为了在阴沉沉的冬日里，增加一些亮色和暖意。

即使大诗人都有远超寻常的敏锐，可要穿越时空，打动每一代读者，永远需要向普通人的日常生活投降。暖色调带来的温馨是好的。粗炉子和没筛净的酒，是家常的。热点儿酒，看看天色，招呼朋友来喝一杯，是我们都愿意做的。于是这首诗才响彻千年，成了名篇。

◆ 绿蚁：新酿的酒还未滤清时，酒面浮绿渣，细如蚁。

◆ 醅 [pēi]：未滤过的酒。

明·邵弥·山水人物图册·十

密雪覆盖的小屋中，两人对坐。仔细看，他们中间不正是一只红泥小火炉？

霜月

唐·李商隐

初闻征雁已无蝉，百尺楼高水接天。

青女素娥俱耐冷，月中霜里斗婵娟。

11月26日

青女管霜雪，嫦娥住在月亮里。诗题《霜月》，分明兼顾两端。深秋的夜晚是个竞技场，她们在比谁更美。我们因此可以想象，那个夜晚的月色和霜色一定都很浓。水浸在霜色里，天空笼罩在月光下。“百尺楼高水接天”，意味着整个世界一片莹白。

这首诗延续了李商隐一贯托深意于微婉的风格，又因篇幅短小，弦外之音格外难猜。旧时的评论家提示我们，读诗要从对面索解。既然“青女素娥俱耐冷”，谁不耐冷呢？当然是独上高楼的作者。我们不知道，他所不耐的“冷”，是气温，还是世故人情？

◆ 青女：神话中主管霜雪的女神，在诗歌中常作为霜的象征。
◆ 素娥：嫦娥。
◆ 婵娟：美好的姿容。

明·崔子忠·云中玉女图轴

崔子忠是明代著名的人物画家，与陈洪绶齐名，虽然两人风格迥异，却各有奇趣。本幅构图便不循常理，飘然有仙气。玉女腾云行空，远在红尘之上，俯视下界。她穿得可少了，白衣飘飘，当真是一位耐冷的“婵娟”。

对雪献从兄虞城宰

唐·李白

昨夜梁园里，弟寒兄不知。

庭前看玉树，肠断忆连枝。

11月27日

梁园在今河南商丘，原来是汉代梁孝王的游赏之地，至晋代，谢惠连又在这里作了《雪赋》。选择在这里写“对雪”的主题，是因为诗人深谙历史典故，而不是巧合。

李白对堂兄说，下雪了，昨晚好冷啊，但你却不知道。他又说，起来看看庭前的树，不免有点想你呢。现在，请大家学着“从对面索解”，猜一猜他没说的话。

也许是：梁园和虞城这么近，你那儿也下雪了吗？你也一样很冷吧？

◆ 从兄：堂兄。
◆ 虞城：今河南虞城县，属商丘市辖。
◆ 连枝：两树的枝条连生在一起，喻同胞兄弟姐妹。

清·上睿·为友梅作行乐图·三

画中人真的很冷。他在一片银白的世界里缩手缩脚，童儿正在帮忙点燃炭火盆。

洛中送韩七中丞之吴兴口号五首之一

唐·刘禹锡

昔年意气结群英，几度朝回一字行。

海北江南零落尽，两人相见洛阳城。

11月28日

读过《玄都观桃花》《秋词》等作品，我们已经稍稍了解刘禹锡。他很硬气，倔强而不肯服输。即使作送别诗，也毫无衰飒之气。诗题里的韩七中丞名叫韩泰。他和刘禹锡共同经历了永贞革新的失败，在朝堂上受到打压，各自遭遇了贬谪。此诗作于大和元年（827），当时刘氏为主客郎中，分司东都，故而人在洛阳。而韩泰则由长安赴吴兴任职，路过那里。所以，“两人相见洛阳城”，是命运驱使下的偶然。

前两句回忆往昔，说当年结交了一群意气相投的朋友，大家下了朝一起回家；后两句落到现在，说朋友们遭遇政敌的打压，如今天南海北，各自零落。诗意很简单，文字也不特别。它好在第三句的转折，如高山飞瀑，深邃而急遽，带着无尽的沉痛；第四句的承接，极其平淡轻缓，却满怀劫后余生的哀感，蕴藏着对于命运的感知。

◆ 吴兴：今浙江湖州。

◆ 口号：古诗标题用语。即不用笔墨，不加推敲，信手拈来的诗。

清·汪士慎·山水图册·八

落寞的秋天里，萧条的枯树下，两人相遇了。他们率然席地而坐——只有老朋友才能这样不拘小节。

自遣诗三十首 · 其一

唐 · 陆龟蒙

五年重别旧山村，树有交柯犊有孙。

更感卞峰颜色好，晓云才散便当门。

11 月 29 日

陆龟蒙是晚唐诗人，家在苏州吴江。《自遣诗》共三十首，这是开篇第一首。当时他刚刚抱病回到阔别五年的家园。树长大了，牛变老了。有谁迎接他呢？只有远处那座青翠欲滴的卞山，一大清早就殷勤地出现在眼前。

从前讲过，怀古诗着重描写“变”与“不变”两端。其实，不管尺度如何，凡是涉及时间的话题，都可以从这个角度来刻画。五年时间，山峦如旧，动植物都变了。对于一个归家的人来说，这段时间已经足够长。

◆ 卞峰：即卞山，在吴兴（今浙江湖州）西北八十里。刘禹锡送走的“韩七中丞”赴任之后，应该也能见到这座山峰。

元·王蒙·青卞隐居图轴

画中的山正是诗里的山。画中的人，正要进这山中去隐居。

汴河阻冻

唐·杜牧

千里长河初冻时，

玉珂瑶佩响参差。

浮生却似冰底水，

日夜东流人不知。

11月30日

大多数人熟悉的杜牧，是个风流倜傥的中年人；而在人们不太熟知的另一面，杜牧则是个沉痛哀愁的失意者，总在努力与无意义的人生相抗。这首诗大约作于大中二年（848），当时他正要从睦州刺史任上回京，改任司勋员外郎。

自从孔子在河流上说过“逝者如斯夫，不舍昼夜”，流水就总是让人惆怅。在唐代，行旅还是非常辛苦的事。日复一日，风尘仆仆。这天，杜牧来到了汴河边，却因为河流结了冰，一时渡不过去，只能在岸边看着流水沉思。冰已初结，河水在冰面下流淌；人生光阴也有如河水，在注意不到的时候匆匆溜走了。

这是一个很沉痛的感悟。它来自普通人的日常生活经验，所以能穿越时空，打动许多人。

◆ 阻冻：因河水封冻而无法渡河。

◆ 玉珂、瑶佩：都是玉饰，这里形容刚刚上冻的河冰，还没能连成一片，被流水激荡起来，发出玉石相撞般清脆的响声。

（传）宋·马远·荻岸停舟图页

船儿不能走了。眼前一湾空阔的流水，波平浪静；人生如潜流，暗自奔腾。

送魏二

唐·王昌龄

醉别江楼橘柚香，

江风引雨入舟凉。

忆君遥在潇湘月，

愁听清猿梦里长。

12月1日

初学者眼中的唐诗，是一篇篇的名作。有了一定积累，就会知道，篇章与篇章连在一起，便会形成一个个诗人的网络。许多诗人生活在同一片时空里，便是诗歌发展史上的一个时段。《送魏二》是一个名篇，作于王昌龄任龙标尉时——也就是李白听说他贬官，挥笔写出“闻道龙标过五溪”之后。

李白送王昌龄，是在暮春；王昌龄送魏二，则是在深秋初冬。巧得很，两首诗都从季节风物说起，并于次句引出行人。至诗的后半篇，大家各有各的手法。王昌龄巧妙地想象两地天气不同。送行之处，江风引雨；可行人所到之处，只有明月与清猿。

宋·佚名·香实垂金图页

古代中国栽培柑橘科植物的历史颇为悠久。“橘柚香”，是古人们熟悉的清芬。

孤雁

唐·杜甫

孤雁不饮啄，飞鸣声念群。

谁怜一片影，相失万重云。

望尽似犹见，哀多如更闻。

野鸦无意绪，鸣噪自纷纷。

12月2日

天上有一只孤雁，不吃不喝，努力飞翔。那一个小小的影子，与大部队失散了，已经相隔万重云。杜甫一直看着它飞，听着它叫，盼着它归队，也从它身上看见了自己的命运。它飞走了，一群乌鸦还在鸣噪。它们又有什么值得快乐的呢？

此诗约作于唐代宗大历初年，当时杜甫寄居夔州。旧说有两种，一种认为诗里寄托了“君子寡而小人多”的寓意，另一种认为杜甫就是那只孤雁，他孑然飘零着，在想念兄弟亲人。

清·华嵒·关山勒马图轴

一只大雁飞走了，一个孤独的人在目送它。

重送绝句

唐·杜牧

绝艺如君天下少，闲人似我世间无。

别后竹窗风雪夜，一灯明暗覆吴图。

12月3日

这首诗必定是送与一位棋艺高超的朋友的。他已经走了，杜牧还沉浸在双方交手的兴奋之中。他独自一人在风雪之夜对着棋盘，琢磨着两人手谈的过程。这几局棋也许是下得很过瘾，以至于无暇体会离愁。

但，另一种可能是借着棋局打发漫漫寒夜，遣散友人离去后的孤清。

◆ 覆：指复盘，即重现双方交手的过程。

◆ 吴图：围棋的别称。敦煌出土的《棋经》记录了三国东吴时期的棋局，称为“吴图二十四盘”，故有此称。

元·佚名·雪竹图轴

“竹窗风雪夜”，是谁来过，陪诗人对弈；又离去，留下他自己？

和袭美初冬偶作

唐·陆龟蒙

桐下空阶叠绿钱，

貂裘初绽拥高眠。

小炉低幌还遮掩，

酒滴灰香似去年。

12月4日

即使生活充满了偶然，总有某些片刻令人觉得似曾相识。这种感觉普遍存在于人类世界中，甚至还有一个法语专门词“Déjà vu”指向它——直译为“曾经看过”。脑科学学者与心理学学者都讨论过这个现象。

在诗人的世界里，这种感觉少了几许玄妙，而多了几分惆怅和温馨：又是冬天了，梧桐落尽，天气寒凉。厚衣服再度上身，暖炉与重帷又一次派上用场。酒的滋味，香的气息，一切都如此熟悉，可时光已经静静走过一轮。

◆ 袭美：晚唐诗人皮日休的字，他与陆龟蒙并称“皮陆”。

清·樊圻·山水图册·一

“桐下空阶叠绿钱”。小人儿深居室内，画面平静，设色浅淡，居然带点儿哀愁。

前出塞九首 · 其七

唐 · 杜甫

驱马天雨雪，军行入高山。

径危抱寒石，指落曾冰间。

已去汉月远，何时筑城还。

浮云暮南征，可望不可攀。

12月5日

据清代学者分析，《前出塞》组诗，都是为天宝末年的哥舒翰而作。他是西域人，唐朝名将，率部与吐蕃相抗，屡获大胜。但一则连年用兵，国力民心皆多耗损；二则天下兵权皆在一人之手，导致政局不稳，为后来的安史之乱埋下了隐忧。

兵士不但要作战，还要在边境建造防御工事。北方苦寒之地，抱石筑城，手指甚至会因冻伤而掉落。离乡愈远愈久，厌倦和痛苦就愈深。天边的云朵尚且能够向南飘去，可人只能徒然瞻望它，无法乘着它，飘回家乡。

◆ 雨雪：下雪。
◆ 曾：同“层”。
◆ 汉月：故国家乡的岁月。

清·恽寿平·山水图册·三

那些飘飘荡荡的云朵啊，无法带着行役的人回家去，甚至都无法载走他的忧愁。

送李侍郎赴常州

唐·贾至

雪晴云散北风寒，

楚水吴山道路难。

今日送君须尽醉，

明朝相忆路漫漫。

12月6日

唐诗写到江东一带，常常吴楚并称，一如写到浙江，也会同时说到吴越两国。这是唐人的历史地理知识决定的。这里说的“楚水吴山”，不仅指常州一地，还带出一种空间广阔、行路悠远之感，故此才有今日尽醉的祝愿。

一年的唐诗之旅快结束了，相信大家应该都学会了触类旁通。“寒雨连江夜入吴，平明送客楚山孤”，手法全然相同。不是吗？

宋·郭熙·雪山行旅图轴

画中雪山高耸，左侧一小群人，正要走到亭子里去歇歇脚；右侧有个小人儿，已经独自走上了桥。寒天行旅是如此辛苦，处处北风寒，道路难。

初候，鶡旦不鸣。

最冷的时候，藏着春回大地的希望。寒号鸟感受到阳气萌动，它不再叫了。

二候，虎始交。

老虎也在阳气感召下开始了交配。这个观察与实况相符。一般认为，老虎的繁殖不受季节限制，可确实在严冬至早春间较为频繁。

三候，荔挺出。

这里的荔并非荔枝，而是名叫马蔺的植物。它在此时开始生长。

逢雪宿芙蓉山主人

唐·刘长卿

日暮苍山远，天寒白屋贫。

柴门闻犬吠，风雪夜归人。

12月7日　大雪

寥寥二十字，一句一景，似断实连，合在一起又更丰富。日暮、苍山，有颜色，灰白与金红相映；天寒、风雪，有温度，冰冷无比；夜中犬吠，是声音，搅破岑寂；白屋，是归人的落脚之地，再贫穷也亲切。

小中见大，本领绝佳。

清·王翚·小中现大图册·八

苍山风雪之中，行人骑马，童仆挑箱。他的家在画面右上方，也被白雪覆盖。仔细看，房前正有一道半开的柴门。

送杜少府之任蜀州

唐·王勃

城阙辅三秦，风烟望五津。

与君离别意，同是宦游人。

海内存知己，天涯若比邻。

无为在歧路，儿女共沾巾。

12月8日

这首诗，好得让人难以解释。因为它不像杜甫的诗那样，需要读者先学习许多典故，在“经典”的丛林里穿梭。它高贵又简单；而它的高贵，离不开简单。

从长安到蜀中，关山千里，只在一句中解决。点完题，便开始说心里话：分别的情绪，你我都一样。同是宦海浮沉者，甘苦尽在不言中——那么何必再说呢？打住吧。既然我们能够互相理解，隔得远些又怎么样呢？就算人各天涯，心还在一起。岔路口哭哭啼啼，那是青年男女的做派。成年人，犯不着。

高贵，在于作者对彼此未知的命运一片坦然。简单，说明他们真正知心。“海内存知己，天涯若比邻”，是唐诗中最好的流水对之一。此外，首联、颈联对仗而颔联不对，又是“偷春格”。

◆ 少府：唐代对县尉的通称。

明·沈周·京江送别图卷（局部）

船上的人与岸上的人互相作着揖，他们刚刚结束了一场分别。

宾至

唐·杜甫

患气经时久，临江卜宅新。

喧卑方避俗，疏快颇宜人。

有客过茅宇，呼儿正葛巾。

自锄稀菜甲，小摘为情亲。

12月9日

这大约是上元元年（760），杜甫在成都草堂时所作的诗。那里很舒朗，不吵闹，地势也高，是个好地方。客人来访，他还生着病，急忙让孩子帮着理好头巾，又赶紧跑到地里，摘些亲自耕种的菜苗，送给亲爱的朋友——或者立刻拿去炒一盘菜吃。

诗不必一定伟大。质朴和温暖，也很宝贵，令人珍惜。

◆ 患气：患呼吸道疾病。

◆ 喧卑：喧闹，低下，借指人世间。读诗不能逐字理解，而需要结合上下文推断语义。这句是说草堂的位置正好避过了俗世里的“喧”与“卑”，而不是说屋子建筑在人声鼎沸的低地上。否则，就与下句的“疏快颇宜人”意境不合了。

◆ 正葛巾：把葛布做的头巾整理好。

◆ 菜甲：菜初生的叶芽。

◆ 小摘：随意采摘。

明·沈周·菜图轴

“一颗大菜正抽芽”。

君不来

唐·方干

远路东西欲问谁，寒来无处寄寒衣。

去时初种庭前树，树已胜巢人未归。

12月10日

诗题《君不来》，已概括了全篇的内容。作者以一位思妇的口气，抱怨她的丈夫久久不归。这“口气”，是从何判断的呢？同样需要对古诗的世界有几分熟悉。读过许多以捣衣为主题的作品后，我们便能知道：“寄寒衣”这个动作，常常是妻子对丈夫做的。

诗里的人很悲哀。天地茫茫，不知道丈夫在哪里。天气已冷，衣服无从寄予。她看着他走时种下的树，到如今早已长得够大，鸟儿都可以上去做窝了，可他还没有回家。

树的寿命比人长，且它从出生开始，就扎根在同一个地方。于是，从《诗经》的年代起，人们就常通过描写树木成长的变化过程，来反衬人生的短暂与颠沛。这是一个漫长的文学传统。

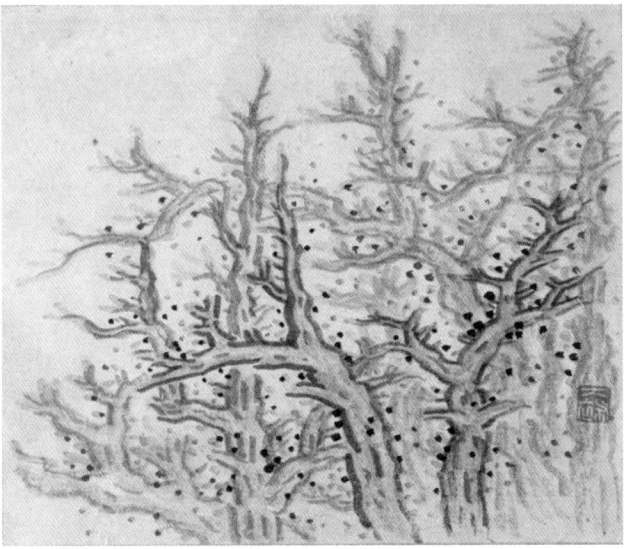

清·龚贤·树景山水册·三

在中国古代山水画中，树的比重非常大。因此画家们非常重视练习画树的技巧。传世明清画作中，有相当一批以画树为主的作品，可视为他们普遍的追求。龚贤的作品往往喜用浓墨，可这套树景画得清透可爱。对大画家和大诗人来说，“风格”，有时是一种选择。

图中的密林，当然“胜巢”啦。

望蓟门

唐·祖咏

燕台一去客心惊，笳鼓喧喧汉将营。

万里寒光生积雪，三边曙色动危旌。

沙场烽火侵胡月，海畔云山拥蓟城。

少小虽非投笔吏，论功还欲请长缨。

12月11日

投笔，请缨，都是汉代典故。前者是说班超曾为抄胥，后来投笔从戎；后者是说终军年少，请缨南征。借汉朝人物与故事写本朝现实，是唐诗常用的手法。还记得六月初所读的“温泉流入汉离宫”吗？

唐代的行政区划，最初为道、州、县三级。唐太宗分天下为十道，其中河北道，“并于海南，迫于河西，距太行山北，通渝关、蓟门”。祖咏生卒年不详，但确知为盛唐时人，亲历过唐玄宗开元天宝时代。当他来到这里的时候，蓟门一带已经是守备奚、契丹两部的重镇了。他看到了整饬的军容，甚至也“看”到了更远处的沙场与边疆。积雪、晴光、烽火、月色，诸般景象变幻又交织，使他满怀振奋，也想尽自己的力量，守卫中原。

可惜他仕途坎坷，晚年隐逸而终。豪情壮志空系笔端，请缨作战终是虚语。

◆ 燕台：原为燕昭王所铸的黄金台，这里泛指燕地。
◆ 三边：泛指边境、边疆。
◆ 危旌：高扬的旗帜。危，高耸。

清·张若澄·燕山八景图册·蓟门烟树

如同燕台一样，蓟门的准确地址早已不可考证了。但人们的思古之情总要有落脚处，于是有了“燕山八景”。乾隆皇帝曾经亲自命名为：琼岛春荫、太液秋风、玉泉趵突、西山晴雪、蓟门烟树、卢沟晓月、金台夕照、居庸叠翠。

张若澄奉帝命绘制了这套册页。画中空间旷朗，草树低平，大约这便是乾隆心中的蓟门。

华清宫

唐·吴融

四郊飞雪暗云端，唯此宫中落旋干。

绿树碧檐相掩映，无人知道外边寒。

12月12日

下雪了。不分贵贱高下，人人都要领受同一份寒冷。然而华清宫内有温泉，地气偏暖，周围根本积不起雪来。严冬时分，这里的树依然与屋檐上的瓦一样碧绿。在这里居住的帝王与贵人们，有谁能知道外边究竟有多冷？如果根本不知道，又谈何推己及人？

这是一首怀古诗，而这是一首咏史诗。千万莫把作者饱含酸辛的讽刺，当成平平常常的陈述句，轻易放过。

（传）唐·李思训·京畿瑞雪图页

“绿树碧檐相掩映”，宫殿积雪，竟不减富丽堂皇。

在通常的观念里，李思训是唐代最重要的青绿山水画家。从山石树木与宫殿的位置关系来看，这幅画的风格显然与宋元以来的主流山水画大有区别，它应该有较早的图式来源。因此，后代收藏者相信那是李思训的作品；但我们要诚实一点，坦白说它真正的作者不可知。

十一月中旬至扶风界见梅花

唐·李商隐

匝路亭亭艳，非时裛裛香。

素娥惟与月，青女不饶霜。

赠远虚盈手，伤离适断肠。

为谁成早秀，不待作年芳。

12月13日

公历十二月，即农历十一月。陕西的梅花不应该这么早开，所以是“非时”的“早秀”。花开早了，不免经受风霜，只有月色相伴。用它赠给朋友，却嫌相隔太远；对着它叹息离别，徒惹烦恼。伤心人别有怀抱，李商隐不禁发问，早梅究竟是为了谁等不到春天就早早开放？这是个寄意深远的问题。如果引申一番，也许他是在问：人心是为什么而有所期待？即使提早开始期待，却仍然等不到回音。

读这首诗，应该注意到“素娥”和“青女”两个词。回想十一月二十六日学习的《霜月》，这两个典故实在不陌生。而在此处，它们的比喻用法也与前诗相同，可见再伟大的诗人，也无法永远保持新鲜。

通读一位诗人的全集，注意观察他在句法、用典等方面的习惯，是个很有益的训练。也许这正是从欣赏者变为研究者的契机。

◆ 裛[yì]：古通“浥”。裛裛，香气袭人的样子。

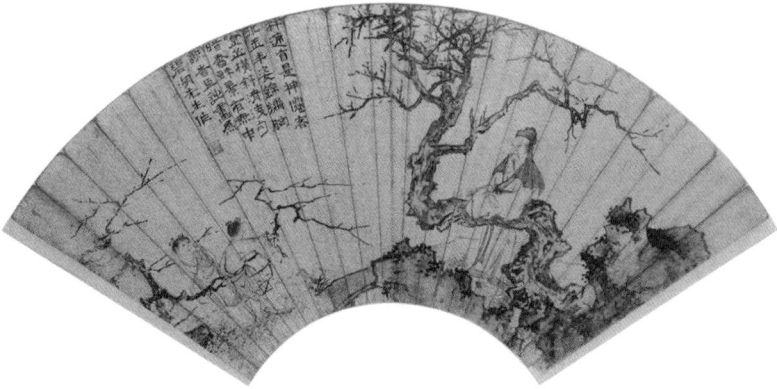

明·谢时臣·折梅图扇页

两个童儿一起努力折梅枝，士人靠在树上，瞧着他们。

早花

唐·杜甫

西京安稳未，不见一人来。

腊日巴江曲，山花已自开。

盈盈当雪杏，艳艳待春梅。

直苦风尘暗，谁忧容鬓催。

12月14日

同样是在冬天里见到花开，杜甫有另外一些感受。这是一首独特的五言律诗，首联、颔联不对，颈联、尾联却严格对仗，称为“藏春格”。旧注以为当作于广德元年（763）。当时吐蕃入侵，代宗出奔至陕州（今河南三门峡市陕州区），直至岁暮才回到京城。

诗意曲折而动人。腊月里山花都开了，胜利的消息迟迟未来，都怪这花开得太早；新的花季里，人又衰老了一点儿，按常理是可哀的。可是，与风尘和战火比起来，谁还会在意衰老呢？它已经不值得担忧。

◆ 西京：指长安。天宝二年（743）、上元二年（761），曾两度将长安命名为西京。

◆ 腊日：古时腊祭之日，按古代干支纪日法，是冬至后第三个戊日。但至迟到南北朝时期，已经固定为农历十二月初八日。

◆ 直：但，特。

明·陈洪绶·杂画册·十一

“腊日巴江曲，山花已自开”。江水边是一片灰扑扑的山石和树影，可有一株新藤，冒出了绿叶，开着红花。

夜期友生不至

唐·姚合

忍寒停酒待君来，

酒作凌澌火作灰。

半夜出门重立望，

月明先自下高台。

12月15日

寒夜等人，明明有炉火、有酒，却想着要和对方一同分享，不舍得独自享受。等啊等啊，酒都冻上了，炉火也都化成了灰。好在作者温柔敦厚，他承担着寂寞，抱着希望，特地走到门外张望一番。可惜只看见一轮明月渐渐西沉，移下了高台。

时间流逝，在小诗里划过三道痕迹。酒冰了，炉火熄了，月亮沉了。“友生不至”，就算题目没有明说，也足以推断出来。

◆ 期：邀约。

◆ 友生：朋友。

◆ 凌澌：冰。

清·高翔·山水图册·四

一轮明月，一座空屋，一片平台。

穷冬曲江闲步

唐·裴夷直

雪尽南坡雁北飞，

草根春意胜春晖。

曲江永日无人到，

独绕寒池又独归。

12月16日

做个诗人，至少要有一双慧眼。雪化了、雁飞了，都是陈词滥调；地表草根萌动，却能叫读者大为欢喜，因为这正是春天临近的消息。

要怎样锻炼这双慧眼呢？出门走走，到处望望，信手写写，不要觉得无聊。

◆ 穷冬：隆冬，深冬。

◆ 曲江：指今江苏省扬州市南长江的一段。

明·周臣·踏雪行吟图轴

行吟的小人儿十分得意，他微微抬着头，迎着风，衣带、发带、胡子一块儿飘扬起来。

左迁至蓝关示侄孙湘

唐·韩愈

一封朝奏九重天，夕贬潮州路八千。

欲为圣朝除弊事，肯将衰朽惜残年。

云横秦岭家何在，雪拥蓝关马不前。

知汝远来应有意，好收吾骨瘴江边。

12月17日

这首诗有重要的历史背景。元和十四年（819），唐宪宗想把法门寺佛塔中的佛骨迎入宫中供养三日。韩愈上奏进谏，坚持帝王不可事佛求福的态度。宪宗震怒，将他贬为潮州刺史。全篇皆从实事出发，并无修饰。秦岭、蓝关，是其实际经过的地方。远来相送的侄孙，是真的送到了那里。“好收吾骨”，亦是真正的嘱托。

文字如此朴拙，究竟好在哪儿呢？在一股绝不肯泄的倔强劲儿上。贬就贬，反正残年无甚可恋。死就死，反正有人来收葬。坚信自己没有错，为自己做过的事情负责。这正是一个官员的品格。

六月十日、七月十六日，读过《盆池》组诗中的两首。它们与本篇有着同一个作者。那个“汲水埋盆作小池”的老顽童，如今成了一位勇决的士大夫。人是复杂多面的。有时，人的魅力，也正是在这复杂性之中。

明·戴进·雪景山水图轴

天气苦寒，道阻且长，人生实难。许多人戴着雪笠，骑着马，各自要进入关门。在这一道关背后，画面高处，还有另两座关隘。可是个人的命运，总是要独立承担。

明月夜留别

唐·李冶

离人无语月无声，

明月有光人有情。

别后相思人似月，

云间水上到层城。

12月18日

李冶是著名的女诗人，可惜其诗集没有流传下来。不过，仅凭这一名篇，也能推想她的才华了。她觉得月亮和眼下的离人一样，说不出话儿，但脉脉含情。那朗照人间的月光，就是无远弗届的思念。

情感与景色之间的联系，是诗人建立的。前人们一直在搭建这样的桥梁。我们走过一座又一座桥，就走进了一个晶莹澄澈的新世界。

明·孙克弘·销闲清课图卷·七（局部）

读诗至今，我们已经知道，诗人和画家多么偏爱明月夜。

寄杭州崔使君

唐·裴夷直

朝下归来只闭关，

羡君高步出人寰。

三年不见尘中事，

满眼江涛送雪山。

12月19日

裴夷直曾经做过中央官僚，下朝回来，满身疲惫，羡慕起了在杭州任职的老朋友。在他的想象里，杭州那样有如仙境的地方，一定吏治清明、公务清闲吧？崔先生远离俗务，度过了三年的闲适岁月，一定每天都能饱看江涛堆雪吧？

人总是容易在一种境遇里羡慕另一种境遇，古今不异。把两种生活的差异摆出来，自然成了一首好诗。

清·石涛·山水图册·三

“满眼江涛送雪山”。

宿友人山居寄司徒相公

唐·李建勋

雨雪正霏霏，令人不忆归。

地炉僧坐暖，山枿火声肥。

隔纸烘茶蕊，移铛剥芋衣。

知君在霄汉，此兴得还稀。

12月20日

古人冬夜作何消遣？此诗一一描摹。山上砍来树枝，投进火中，与和尚们围坐炉边，就着火烘烤茶芽，移过锅子来剥芋头吃。而这芋头自然也是刚刚烤熟的。于是作者要问他的宰相朋友：你身居高位，公务冗杂，未必能像我这样，无拘无束地过个冬吧？

应该意识到，此篇与前篇有着相同的手法，都是把两种生活的差异摆出来，引人遐想。人生的境遇有千万种，有些人身在中央机构，劳碌无休；有些人拿自己的闲散，“刺激”劳碌人。

◆ 相公：即宰相。宰相身居高位，如同高居天上，故言“在霄汉”。

◆ 霏霏：雨水盛貌。

◆ 枿[niè]：树木截去枝条后新生的芽。这里指柴火。

◆ 铛[chēng]：锅。

清·恽寿平·蔬果图册·六

画上是两颗大芋头。大家见过吗?

酬乐天扬州初逢席上见赠

唐·刘禹锡

巴山楚水凄凉地，二十三年弃置身。

怀旧空吟闻笛赋，到乡翻似烂柯人。

沉舟侧畔千帆过，病树前头万木春。

今日听君歌一曲，暂凭杯酒长精神。

12月21日

此诗作于唐敬宗宝历二年（826）。自唐顺宗永贞元年（805），刘禹锡诸人参与永贞革新失败被贬，已有二十二年。预计于次年回京，则确为二十三年。在他从和州刺史任满回洛阳的路上，白居易正要从苏州回洛阳。两人相逢于扬州的酒席上。白居易同情他的遭遇，作诗相赠。他便以此诗作为回答。

人生有几个二十三年呢？老朋友大多过世了，自己也早已被遗忘了。青年一代纷纷赶上来了。往事已矣，不堪重提，不如饮酒。虽然诗的意思仅仅如此，可作者非常坦诚地接受了命运，也没有徒然对着新朋友，哀叹它多么不公。这已经是极高的涵养和极宽广的胸怀。

◆ 烂柯人：《述异记》中有个故事，说晋人王质入山砍柴，旁观两神仙下棋。棋局未终，斧柄已烂。出山回乡之后，始知百年已过，同辈朋友早已死尽。

清·华嵒·春宴图轴

“暂凭杯酒长精神”。

小至

唐·杜甫

天时人事日相催，冬至阳生春又来。

刺绣五纹添弱线，吹葭六琯动浮灰。

岸容待腊将舒柳，山意冲寒欲放梅。

云物不殊乡国异，教儿且覆掌中杯。

12月22日

五纹，犹言五彩。《唐杂录》中说，冬至后，白昼渐长，宫中女工刺绣，每天多绣一根丝线。六琯，是玉做的律管。《汉书》中说，用芦苇烧灰填在律管之中，到某一个节气，某一根律管中的灰就会被风吹走。这两个典故，都紧扣时序，非常恰切。

前四句都在写冬至的节令。绣工添线了，葭管飞灰了。春天以如此精细而轻微的脚步，昭告它即将回来。后四句写风景与心情，眼看柳又将舒，梅也待放，景物一如往年；可是人却身在他乡不得归去，只能又一次满饮杯中酒排遣愁闷。

◆ 小至：冬至前一日。
◆ 云物：景物，景色。
◆ 乡国：家乡。
◆ 覆：满。

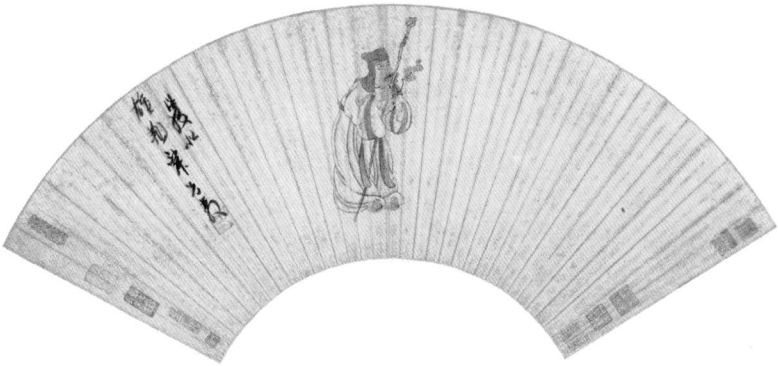

明·陈洪绶·扇面册·一

“山意冲寒欲放梅”，小人儿紧紧凑过鼻子嗅了起来。

初候，蚯蚓结。

冬至，是一年中昼最短、夜最长的时候。从这时起，白日会慢慢变长，古人相信那是阳气在一点点逐渐返回人间。他们以为，阳气未动的时候，蚯蚓头朝下钻土；感受到阳气，它就扭头向上钻土了，所以此时的蚯蚓看起来纠结成团。

二候，麋角解。

麋鹿感受到阳气，它的角脱落下来。

三候，水泉动。

阳气上升，地下的泉眼渐渐萌动，诗人早就急了，他已经想到了『岸容待腊将舒柳，山意冲寒欲放梅』，想到了下一个就将到来的春天。

冬至

唐·杜甫

年年至日长为客，忽忽穷愁泥杀人。

江上形容吾独老，天边风俗自相亲。

杖藜雪后临丹壑，鸣玉朝来散紫宸。

心折此时无一寸，路迷何处见三秦。

12月23日　冬至

诗人们都有自己偏好的主题。杜甫特别关心节序变化，立春、重阳、冬至，往往有诗。又是一年将尽，他仍在夔州，不能回到长安；穷与愁纠缠着他，挥之不去。他觉得自己孤孤单单，在异乡日渐衰老；本地人彼此相亲相爱，共度佳节，却独独抛下了他。

他只能拄着拐杖，踏雪登山，殷勤远望；猛然想到此时此刻，正该是长安城里冬至朝会结束的时候。往事与近事，过去与将来，忽然交织在一起，增强了他的痛苦。心都碎了，可家乡远在天边。

◆ 泥 [nì]：纠缠。

◆ 鸣玉：古人在腰间佩带玉饰，行走时使之相击发声，即所谓“君子行则鸣佩玉”，后来也比喻出仕在朝。

◆ 紫宸：宫殿名，在长安大明宫。冬至是重要节日，朝廷有大朝会。

明·陈洪绶·隐居十六观图册·十

“杖藜雪后临丹壑”，正是画中景致。

夜雪

唐·白居易

已讶衾枕冷，复见窗户明。

夜深知雪重，时闻折竹声。

12月24日

制造悬念，是小诗的技法之一。此诗寥寥二十字，都从侧面描摹，一朵雪花也没出现，甚至到第三句的后半部分才点明题目，展现出高超的咏物能力。

“冷”是温度，“明”是亮度。枕头与被子变得格外寒冷，夜里门窗外也有了几分亮光，那是这场雪从无到有的过程，也是诗人的意识渐渐清晰，直到确定发生了什么的过程。谜底解开后，他就再也不能睡着，因为听到了竹子折断的声音。必定是雪太重太沉了，那又是这雪从有到大的过程。

明·徐渭·四时花卉图卷（局部）

大艺术家不但有高超的表现能力，也都擅长观察自然。枝枝叶叶都向下垂坠，这才是真正的雪竹姿态。

舟中月明夜闻笛

唐·于鹄

浦里移舟候信风，芦花漠漠夜江空。

更深何处人吹笛，疑是孤吟寒水中。

12月25日

在近岸水边等候合适的风向，只见江上一片空寂，唯有芦苇结了整片雪白花穗。本来是一个安静的夜晚，却于半夜三更听到水上笛声。真的是笛声吗？诗人也不免恍惚。他猜想：或者是同样寂寞的寒冬夜行人，正在水边徘徊吟诗。

好的诗人，懂得调动读者所有的感官。于宁谧的视觉效果中突然唤起听觉，是以动写静的好方法。

◆ 信风：随时令变化，定期定向而至的风。乘船需要等候合适的风向，此即“候信风”。

宋·梁楷·柳溪卧笛图页

梁楷是个极具个性的画家，生卒年不详，性格奇异。他的作品与常见的南宋册页大异其趣。作者用大片的云气、柳荫、草岸和石根，框出了极小一片水面，引我们去看其间的一点儿人物，原来是小人仰卧船中，吹笛自乐。

冬日平泉路晚归

唐·白居易

山路难行日易斜，烟村霜树欲栖鸦。

夜归不到应闲事，热饮三杯即是家。

12月26日

诗人各有性情。白居易平淡、沉静，写诗像说话，哀乐都不动声色，和盘托出。有时要停下想想，才觉得字里行间真有深意，虽然常常是掩卷后才慢慢明白。

“热饮三杯即是家”，这感受简单而无理。可在冬日黄昏，走过崎岖山路的人，会觉得亲切可爱。

清·樊沂·山水图页

冬日，山路，晚归人，画中一一具备。他们还要走很久呢，右上方高处的旗杆下，分明是一座城门。

夜宴南陵留别

唐·李嘉祐

雪满前庭月色闲，

主人留客未能还。

预愁明日相思处，

匹马千山与万山。

12月27日

相聚之乐，在想到离别时就已经开始稀释。即使主人留客，多住一天，毕竟仍要踏上前路。诗人偏偏又心思玲珑，多愁善感：他想着，明天的旅途必定惆怅，因为将要独自骑马，跨过千万座山川。

比常人多想一点，然后把多想的话说给读者听，带着大家一起想，也可以成为好诗。

◆ 南陵：在安徽省东南部，今属芜湖。

明·王谔·寒山图轴

画中风景正是如此。主人骑马，仆从挑担，冲风冒雪，千山万山。

渭上题

唐·温庭筠

目极云霄思浩然，

风帆一片水连天。

轻桡便是东归路，

不肯忘机作钓船。

12月28日

《渭上题》共三首，都是讨论人生际遇与出处的。这是其中的第二首，意思浅近。船到渭水上，离繁华热闹的都城越来越近了。只要拨转船头，就能回到闲适的生活中去。但又有谁能舍下直冲云霄的诱惑，肯放弃那一份也许锦绣般灿烂的“前程”？

温庭筠家在山西祁县，一生郁郁，屡试不第。他大概知道，自己正是一个无法放弃的人。

◆ 渭上：渭水之上。渭水发源于甘肃，流经咸阳、西安，至渭南潼关县汇入黄河。

◆ 桡（náo）：船桨。

明·尤求·人物山水图册·五

古画里有形形色色的船。有战船，行路的船，真正的渔船，也有文人士大夫持竿游钓的船。画中这一只必定是后者，因为船头还有画轴纸卷、墨池砚田，舷窗中露出半张琴、一部书、一只小香炉，船尾童儿身侧，分明是一只小茶炉。

嫦娥

唐·李商隐

云母屏风烛影深，长河渐落晓星沉。

嫦娥应悔偷灵药，碧海青天夜夜心。

12月29日

无法入眠的夜里，只有屏风上深深的烛影做伴，又只能熬过长夜，眼睁睁看着银河西斜，晓星黯淡，天光明亮起来。一人一夜，尚且如此，那月宫里的嫦娥呢？她独自乘着月亮，守着同一片青天碧海，挨过了多少朝夕？

嫦娥的孤独如同宿命。片刻孤独，已足以使人清醒；永远的孤独，让这首诗彻骨寒凉。

◆ 嫦娥：传说为后羿之妻，偷服丹药，独自飞升，从此久住月宫。

◆ 云母：一种矿石，古人多用以装饰屏风。

清·周培春·历代美人图册·嫦娥

画中嫦娥身侧，正是一座炼丹炉。她的眼神儿正向炉中觑探，两根纤指捏在一起，分明要去取那枚“灵药”了。画家紧紧抓住了她改变命运的那一刹那。

夜上受降城闻笛

唐·李益

回乐峰前沙似雪，

受降城下月如霜。

不知何处吹芦管，

一夜征人尽望乡。

12月30日

这首诗十分著名，到了什么程度呢？史书说，“天下以为歌词”，也就是传唱遍了人间。在宋人郭茂倩的《乐府诗集》里，它的题目甚至叫作《婆罗门》，那其实是人们传唱它的曲调名。

诗确实好。它描写的边疆景象安静如画。当你以为兵士们都已安睡时，他们悄悄出现了。在无边的静寂里，有一个人吹响了芦笳。有无数人，甘心与白沙明月一起充当背景，因为思乡之情早已填满了空寂的世界，谁也不用再走到台前来表演什么。

◆ 受降城：唐代有三座。中城在朔州，西城在灵州，东城在胜州，都是用以接受敌人投降的地方。

◆ 芦管：古代的一种管乐器。以芦叶为管，管口有哨簧，管面有音孔。

清·袁江·关山夜月图轴

“受降城下月如霜”。

阁夜

唐·杜甫

岁暮阴阳催短景，天涯霜雪霁寒宵。

五更鼓角声悲壮，三峡星河影动摇。

野哭几家闻战伐，夷歌数处起渔樵。

卧龙跃马终黄土，人事音书漫寂寥。

12月31日

一年将尽。请以这首四联皆对的严肃作品，作为全年的句号。

此诗作于大历元年（766）岁暮，当时杜甫居住在夔州西阁。日月轮转，催得白日越来越短；霜雪暂停的夜里，高楼上传来了鼓角声；满天星斗倒映在峡江水面上，它们随着水波摇晃起来。政局并不乐观，战争还在继续。几家哀哭，几家哀歌，每个人的命运都迷雾重重。贤能的诸葛亮，鲁莽的公孙述，最终都徒然逝去了。个人力量渺小，既改变不了目前的人事，也无法获得来自远方的消息，只能任由一切归于寂寥。

生命的至暗时刻，每个人都会遇到。如何面对它，承担它，甚至勇敢地记录它，讨论它？先贤做过许多探索，唐诗里有许多范本。往昔的世界永远在那里，等待你回身探寻。

◆ 卧龙：指诸葛亮。三国时期，他是蜀国的功臣。

◆ 跃马：化用左思《蜀都赋》“公孙跃马而称帝”句，指西汉末年在蜀称帝的公孙述。

清·王翚·仿王维雪山图轴

雪后的世界一片宁谧。仔细看，有人骑行，有人步行，有人安居静坐，有人放牧甫归。千家万户，每个人的生活都不相同。

每一年都有这样的冬天，每个冬天都有这样的雪夜。而时间就这样悄悄从唐代滑到了今天。

登幽州台歌

唐·陈子昂

前不见古人，

后不见来者。

念天地之悠悠，

独怆然而涕下。

1月1日

为期一年的唐诗之旅开始了。第一天，借着这首诗，正好告诉大家：

每个人都在时间和空间中生活。只是平日琐事碌碌，并不总能意识到这一切。而诗人会用作品提醒你。当你觉得所处的时空中再无他者，眼见岁序无情，高台广阔，古人已矣，后人未来，便会感到深刻的孤独。你会茫然无措，哀感万端，像陈子昂一样哭起来。

古典文学存在的意义之一，便是让你知道：人生的各种境遇，不分古今。酸甜苦辣，喜怒哀乐，古人都曾体验过，记录过，也表达过。我们读诗，不只是为了学习知识，增加修养。从某种程度上说，正是这些作品，让我们知道了前贤的种种感受，帮助我们摆脱了“前不见古人”的悲哀；它们也激励我们去创作属于自己的文字，在可能的时候，留给来者。

那么，启程吧。

◆ 幽州台：即黄金台，据传故址在今北京市大兴区，是战国时期的燕昭王为招纳天下贤士而建。

清·高其佩·高冈独立图轴

高其佩是清代早期的画家，以指画出名。他能够抛开毛笔，只用手指和指甲等作画。这类作品当然不可能像毛笔画一样精细繁复，常常只是简单的人物花鸟，但都生动可爱。

画上的小人儿正在登高望远。前无古人，后无来者，只有风吹过，让他衣角飘扬。

休暇日访王侍御不遇

唐·韦应物

九日驱驰一日闲，

寻君不遇又空还。

怪来诗思清人骨，

门对寒流雪满山。

1月2日

唐代官员每旬休假一日。这一天，韦应物决定去访问他的朋友王先生，可是没碰上，只能独自站在门口，欣赏眼前的景色。

四句诗分成两截，前两句强调“好不容易得闲来看你，偏偏扑了个空”，极力突出遗憾之情。后两句笔锋陡转：“原来你家在雪山下，寒溪前。天天看着好风景，怪不得能写那样清澈的好诗”，拐着弯儿夸起了主人。这样一来，遗憾之情立刻少了。毕竟这位没看到主人的访客，也被好风景抚慰了呀。

◆ 侍御：官名。

明·蓝瑛·仿古山水图册·十二

画面上可不正是“门对寒流雪满山”吗?

寓 题

唐·杜牧

把酒直须判酩酊，

逢花莫惜暂淹留。

假如三万六千日，

半是悲哀半是愁。

1月3日

如何面对人生，是个恒久的话题。杜牧说，他遇到酒，就要喝到大醉；遇到花，就要看个尽兴。因为，假如人生一共百年，到底是哀愁居多。“不如意事常八九”，当然要格外珍惜欢乐的时刻。

◆ 判：宋以后多用拼。

◆ 酩酊［mǐng dǐng］：大醉。

明·孙克弘·销闲清课图卷·九（局部）

画中人正在叮嘱童儿，仔细浇花。

洛桥晚望

唐·孟郊

天津桥下冰初结，

洛阳陌上人行绝。

榆柳萧疏楼阁闲，

月明直见嵩山雪。

1月4日

这是一首著名的七绝，历代评论家对它赞不绝口。它的结构特别紧密，视野由低而高：天津桥是隋唐时期洛阳城里的桥，深冬之际，桥下河水凝冰。这是低头所见。第二句改为平视，路上了无行人，视野一片空阔。第三句略高、略远，但见远处的树木掩映着楼阁。最后彻底抬起头来，仰视一轮明月，又看到月光照着嵩山顶上的积雪。

寥寥四句，秩序井然。冬日萧疏落寞之状，如在目前；可因为看得全面，看得深广，又使诗人笔下的世界匀净而澄澈。

元·黄公望·九峰雪霁图轴

画中全无人迹，只是一片冰天雪地。山头有树，却都落光了叶子。右侧树下可见楼阁数间，而远山莹莹洁白。

早寒江上有怀

唐·孟浩然

木落雁南度，北风江上寒。

我家襄水曲，遥隔楚云端。

乡泪客中尽，孤帆天际看。

迷津欲有问，平海夕漫漫。

1月5日

孟浩然是湖北襄阳人，所以说家在襄水之畔。这是一首名作，岁末天寒，想登高一望家乡，却看不到；想回家去，却只见天际孤帆，是别人的归舟。迷途之中，也想唤只船来，又只有江连着海，海波上荡漾着夕阳。

诗写心声，全然不假雕饰，却也因此真切自然。

（传）清·石涛·四季山水图册·二

青山白水之间，大雁正要从人字变成一字。一艘小船扬帆航行，孤孤单单。正是“木落雁南度”，又恰好应了“孤帆天际看”。

西归绝句 · 十二

唐 · 元稹

寒花带雪满山腰，

着柳冰珠满碧条。

天色渐明回一望，

玉尘随马度蓝桥。

1月6日

《西归绝句》共十二首，作于元和十年（815年）从贬所回到长安的路上，是一组真诚的好诗。被贬五年，乍然奉召回京，元稹既感叹物是人非，又庆幸微躯尚在，千言万语都在心头。他不用典故，只是尽情描摹眼前所见。毕竟这一切已经久违，足以冲击他的心灵了。

在这冲寒冒雪赶路的景象中，我们尽可想象他那似箭的归心。

◆ 着：附着。

◆ 玉尘：比喻雪。

◆ 蓝桥：即蓝桥驿，在今陕西蓝田东南蓝桥镇。

清·黄慎·山水人物图册·十二

画中一片白雪茫茫。左侧小桥，被雪覆盖；右侧丛树，果然是“冰珠满碧条”。而那骑着马的人儿刚刚走进画面，他的路还很远，此刻正驻足稍息。

小雪

初候，雁北乡。

一些早归的雁，已经向北飞回去。

二候，鹊始巢。

鹊鸟感受到了阳气，开始为下一年的生活筑巢。

三候，雉雊。

雉鸡感受到了阳气，开始叫了起来，打破了长冬沉寂的气息。

冬日峡中旅泊

唐·刘言史

霜月明明雪复残，

孤舟夜泊使君滩。

一声钟出远山里，

暗想雪窗僧起寒。

1月7日　小寒

诗人在寒夜中独自旅行。江上明月高悬，雪已渐渐消融，世上仿佛只有一艘小船。直到清晨，远山中传来钟声。他想，那里必定有寺庙，而山深处一定更冷。雪都积起来了吧？僧人早晨起来时会更冷些吧？果然是小寒时节了。

◆ 使君滩：滩名。在今重庆市万州东。浪大水急，十分凶险。据北魏郦道元《水经注 · 江水》载：杨亮在赴益州刺史任途中，在此翻船，故称使君滩。

清·吴历·山水图册·七

千山积雪中，一间小屋里，不知是否住着僧人。

泊凫矶江馆

唐·赵嘏

风雪晴来岁欲除，孤舟晚下意何如。

月当轩色湖平后，雁断云声夜起初。

傍晓管弦何处静，犯寒杨柳绕津疏。

三间茅屋东溪上，归去生涯竹与书。

1月8日

江南地方舟船便利，来往都是船行。于是诗人在停泊之际，看见雪停之后月亮升起，杨柳叶少枝多；听见大雁远飞长鸣，管弦之声使世界更加静谧。末句交代此行原委，仿佛是受到眼前景物的感召，才说起自己家里也有水畔茅屋。岁暮冲风冒雪，只为回去看竹读书。这种平静温和的叙述，于诗艺可能不够出彩，但于真实的人生，可能已是难得的幸福。

◆ 凫矶：在今宁波附近。

清·龚贤·山水册·一

孤舟晚下，溪上茅屋，都是画上景致。

子初郊墅

唐·李商隐

看山对酒君思我，听鼓离城我访君。

腊雪已添墙下水，斋钟不散槛前云。

阴移竹柏浓还淡，歌杂渔樵断更闻。

亦拟村南买烟舍，子孙相约事耕耘。

1月9日

这首诗在李商隐的作品中非常独特。作者一改迷离惝恍的典型面貌，从眼前的实景出发来描摹风景，抒发情感，居然颇有一点儿白居易和杜甫的韵味。因为它简单有趣，我们就从此诗来结识这位大诗人。

“想着你一定想我，所以我要来看你”，这就是入山的缘由。山里下了雪，融化后顺着屋檐流下。古寺敲了钟，敲不散门前的云。日下树影斑驳，风中歌声断续。都是普通的景色。可是人生忙忙碌碌，“普通”的好日子，就很难得。它打动了诗人，引得他也想一起住进山里，让子孙种田为生。

可惜古人和我们一样，都被尘世牢牢绊住。“归田”，有时是美好愿望，有时是陈词滥调。反正，它实在不易达成。

◆ 子初郊墅：子初，人名。李商隐到这位友人乡下的别墅去游玩，写了这首诗。

明·文徵明·山庄客至图轴

画中的客人还在骑马过桥，仆从挑担跟在后面，童子已经先跑几步，敲响了主人家的门。“听鼓离城我访君”，高山下的小屋就要喧闹起来了。

赋得自君之出矣

唐·张九龄

自君之出矣，

不复理残机。

思君如满月，

夜夜减清辉。

1月10日

“自君之出矣”，从你走了以后；“不复理残机”，再也没有心情继续纺织。就像那天上的满月一样，一天天想着你，一天天变瘦，渐渐减去了清光。

“月亮代表我的心”，从古到今。

◆ 赋得：凡摘取古人成句为诗题的，多以“赋得”某某句为名。“自君之出矣”，是乐府诗中的旧题。根据现存文献，东汉末年的徐干可能是最早写出这个句子的人。

◆ 残机：织机上还留着没有完成的织物。

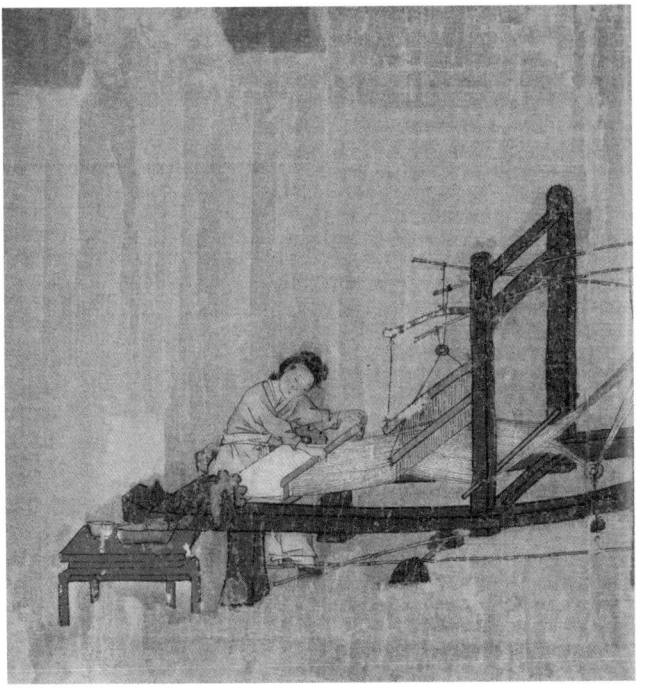

明·夏厚·摹宋人纺织图卷（局部）

纺织是重要的生产活动。古诗描写女性，常常取织机为意象；古画刻画劳作景象，也常常选择“男耕女织”为典型的劳动场景。不过，与写意抒情的文人们不同，这类高度写实的作品，自有另外一个传统。

独酌

唐·杜牧

窗外正风雪，

拥炉开酒缸。

何如钓船雨，

篷底睡秋江。

1月11日

严寒之际抱着火炉喝酒，大概是为了取暖。杜牧正在坏天气里追求好心情。但古人的条件毕竟太有限了。面对严苛的自然环境，他们束手无策，只能空想：隆冬的炭火炉再好，也比不上秋雨中一觉闲眠啊。

同是冬日饮酒主题的五言绝句，这一首应当与著名的《问刘十九》对照来看。杜牧不满，白居易满足，两位诗人的性情截然不同。现代生活予人以便利，却也使人远离了自然。隆冬也好，凉秋也好，多在自然环境里走一走，才能真正懂得每位诗人的心。

宋·佚名·秋江暝泊图页

寒江叠嶂，红树青山。小船儿靠近了水口，就将停下了。这一晚，小人儿收起篙子，就会酣然入梦。这就是杜牧的梦想啊。

终南望余雪

唐·祖咏

终南阴岭秀，积雪浮云端。

林表明霁色，城中增暮寒。

1月12日

终南山，通常指秦岭山脉的中段，绵延数百里。唐朝的首都长安（今陕西西安），就在终南山北面。山上的雪，高高浮在云端。雪停了，晴光映在林梢，显得一片明亮。而城里的黄昏格外寒冷。

不要小看诗句的排列组合。本来，若四句平平并列，可以只作寻常雪景来看。而本篇的三四两句偏偏彼此映照，制造出一种因果联系。仿佛是林梢温暖的光线，反衬得山脚下的城市格外寒冷；仿佛终南山笼罩着整座城市，改变了那里的朝晖夕阴。

◆ 阴岭：背阳的山岭。

◆ 林表：林梢，林外。

明·蓝瑛·仿范宽积雪浮云端图轴

画上远近山峰都被白雪覆盖。主峰之下，画面近处，小亭中坐着小人儿。雪已停了，道上连个行人都没有，多半是因为“下雪不冷化雪冷”吧？

范宽是北宋著名画家。明中晚期开始，艺术家们开始根据他们对古画的理解进行创作。这幅画便是蓝瑛的“仿范宽”作品。“积雪浮云端”五字，分明题在画面左上角。

咏闲

唐·白居易

但有闲销日，都无事系怀。

朝眠因客起，午饭伴僧斋。

树合阴交户，池分水夹阶。

就中今夜好，风月似江淮。

1月13日

农历腊月初八是“腊八节”。一般认为，将腊月初八与释伽成道结合起来，佛寺形成施粥结缘的习俗，至少要到宋代。唐诗中的这一天也确实平平常常。

不过，唐人入山访僧的记录却不少，对诗人来说，这的确与访友、闲居一样，都是消磨时光的好办法。现代人的生活普遍忙碌，若有“无事系怀”的片刻，千万要珍惜。

◆ 销：排遣，打发。

◆ 就中：其中。

清·张积素·山僧揖客扇页

既然“午饭伴僧斋”，当然要请一位和尚本色出演。画中僧寺被竹树遮掩，只见窄窄一道闲门。左侧的僧人身着缁衣，正与右侧的士人相对闲谈。只不知是刚相见，还是即将作别。

送友人

唐·薛涛

水国蒹葭夜有霜，

月寒山色共苍苍。

谁言千里自今夕，

离梦杳如关塞长。

1月14日

寒夜送别，看到眼前山色，她想到此后友人将渐行渐远。随后转念：谁说千里长路从今夜才刚刚开始走？梦中一瞬早已远度关塞，走到了行人将要去的地方。

这是一首非常克制的诗。眷恋伤心都不肯明言，只写景色和梦境，让人感到前路之远，就是思念之长。

◆ 薛涛是唐代著名的女诗人。据传，她创制了一种诗笺，色泽深红，很受欢迎。后来，大家甚至把各种八行红笺都叫作“薛涛笺”。

清·傅山·山水册·三

画中有一轮明月，掩映在烟云和树木之中，从高山上照向人间。云雾弥漫，像是霜露遮掩了景色，又像是月光让一切朦朦胧胧。正是诗中前两句的景象。

旅次寄湖南张郎中

唐·戎昱

寒江近户漫流声，

竹影临窗乱月明。

归梦不知湖水阔，

夜来还到洛阳城。

1月15日

寒冬夜宿，江边水声漫流，月光被窗前的竹影分割成好几片，化作纷乱的色块，映入眼帘。旅客终究是要入睡的，在江声与竹影中，他的梦渡过茫茫湖水，悄然回到了洛阳城。若论技法，这首诗只是平平地起承转合，但它好在字面涓洁，意象组合不疏不密，有动有静。风水声中，人睡了。大自然还醒着，梦也还活跃着。

戎昱的生平经历我们并不非常清楚，一般认为他是湖北江陵人；他在许多地方做过官，不知洛阳是否为其中一处。梦的自由，反而衬托出人的羁泊与拘束。我们立刻明白，诗还有许多言外之意。作者巧妙地暗示了这一切，就不必再明说。

◆ 旅次：游客途中暂住的地方。

清·王鉴·虞山十景图册·八

画中天地莹白，是严冬雪后景象。左侧有间小屋，丛竹凌乱，正好临窗；右侧流水小桥，离屋不远，又正是寒江近户。

途中有怀

唐·温庭筠

驱车何日闲，扰扰路岐间。

岁暮自多感，客程殊未还。

亭皋汝阳道，风雪穆陵关。

腊后寒梅发，谁人在故山。

1月16日

唐人写冬日行旅，大多是在表达思乡之情。中原岁暮，风雪长途，诗人也厌倦了来往奔波。温庭筠是山西人，此时身在河南，艰难行旅。于是末句不免遥想：进了腊月，家乡的梅花怕已开了吧？可今年有谁在家乡，可以看着它开呢？

昨天刚刚讲过，要听懂诗人的话，就得尝试理解他的潜台词。问“谁人在故山”，可知他自己的出行，大约不是为了回家。他认为自己恐怕赶不回去欣赏今冬的梅花了。

◆ 殊未：尚未。

◆ 亭皋：水边的平地。

◆ 穆陵关：史上曾有好几座同名的关隘。诗中的一座，与汝阳道同位于今河南境内。

◆ 故山：家乡的山，代指家乡。

明·卞文瑜·山水图册·三

梅树环抱着小屋，红衣人儿正在一片寒香中。这大约是温庭筠所盼望的日子吧。

寄友二首 · 其一

唐 · 李群玉

野水晴山雪后时，独行村落更相思。

无因一向溪头醉，处处寒梅映酒旗。

1 月 17 日

这首诗格外委婉。表面上看，只是说独自闲行，思念朋友，遗憾不能一同赏梅饮酒；其实思念的过程都蕴含在字句背后。两人想必曾经有过结伴踏雪寻梅的共同回忆，如今梅已再开，所有酒家照常营业，而友人却不在身旁，诗人这才提不起独酌的兴致。

唐诗中有很多“普通的好作品”。平常风景，平常思念，记录下来就足以动人。

元·王冕·墨梅图卷

这是一枝开在艺术史上的梅花。

出东阳道中作

唐·方干

马首寒山黛色浓，

一重重尽一重重。

醉醒已在他人界，

犹忆东阳昨夜钟。

1月18日

有一种观点认为，唐代可以分为“初、盛、中、晚”四个时期；人们也常用这种分期方式来谈论唐诗。晚唐时期的诗，风格独特，流光溢彩，非常迷人。许多绝句在畅达之余，仿佛都略带一丝颓唐。恰如写生的小画儿，虽然只描摹自然风景，却能在人心里留下深刻的印象，唤起某些细微的情怀。

醉中行路，走不尽寒山万重。可其实地界早已变了又变。正是这一重重山影，把人送到他乡。

◆ 黛色：青黑色。

元·佚名·雪山行骑图页

画是用颜料渲染的，万山飞雪之中，只有松柏还能生长；雪下露出山石本色，亦正是淡淡青黑。行人苦苦赶路，他要过桥，入山，走过很长一段，才能到达山后边的一片人家。而那“人家”，当然是“他人界”。

金陵图

唐·韦庄

谁谓伤心画不成，

画人心逐世人情。

君看六幅南朝事，

老木寒云满故城。

1月19日

有一位诗人高蟾写过《金陵晚望》，说南京地方的风景是“世间无限丹青手，一片伤心画不成”。韦庄必定读过这首诗，因此反其意而用之，写了这首题画诗。他说，通常画家无非是体谅世人的心情，才故意不去画六朝兴亡的伤心事罢了。可是眼前这六幅金陵图，都在画南朝故事，直画得一片沧桑，老木寒云，引起观者伤今吊古之情。

“翻案”，是诗人常用的写作手法。前人作诗发表议论，后人就作诗反驳。驳论若是精彩，后出的诗往往成为名篇。读诗词不是一件简单的事，需要多多掌握背景知识，才能融会贯通。

◆ 金陵：即今江苏南京，是六朝古都。唐人在那里留下了许多怀古名篇。

明·文伯仁·金陵山水册·青溪

这一套山水画，名为《金陵山水册》，画的都是南京的风景胜地。它们当然都是所谓的“金陵图”。青溪流经南京主城，汇入秦淮河，河岸两边，曾是历代文人聚居之地。画上溪畔树木都已十分高大，既多又密，端然是“老木寒云满故城”。

初候，鸡乳。

冬至以后，物候月令非常努力地寻找阳气回笼的证据。人们觉得，每一种动物的行为，都是因为感受到了它的存在。如今，鸡也开始下蛋、孵小鸡了。

二候，征鸟厉疾

征鸟是鹰隼之类，此时还是严冬，它们昂扬地捕捉猎物，又凶厉，又迅疾，展现出搏击的气势。

三候，水泽腹坚。

水冻得硬邦邦的。人在屋子里躲着，苦等着辞旧迎新。不过，四季周转轮回，别忘了，下一个春天，第一个物候，就是『东风解冻』。『花须柳眼各无赖，紫蝶黄蜂俱有情』的日子，又将款款来临。

江雪

唐·柳宗元

千山鸟飞绝，万径人踪灭。

孤舟蓑笠翁，独钓寒江雪。

1月20日　大寒

耳熟能详的诗，重读时也不妨再问问好在哪儿。四句诗两两对仗，诗里描摹的世界仿佛具有一种内在的秩序。前两句使用了“互文”的修辞方法，必须合在一起来解释：白雪落下，千山万径都茫无人迹，连鸟儿都不见踪影了。后两句虽然不再是互文，却在反复强调这渔翁是孤零零的一个人。整首诗仿佛一个在广阔世界中不断推进的镜头，从“千”“万”到“孤”“独”，从极大到极小，准确地抓住物象，予人格外强烈的视觉效果。

大寒时节，读此也当觉得天地肃杀，人迹渺然。

清·王鉴·山水册·五

蓑笠翁满身是雪。

题齐安城楼

唐·杜牧

呜轧江楼角一声，

微阳潋潋落寒汀。

不用凭栏苦回首，

故乡七十五长亭。

1月21日

绝句篇幅短小，施展不易，有些佳作索性直抒胸臆。杜牧登楼望乡，只听角声呜咽，只见斜阳入水。他索性坦白：我也不必苦苦回首遥望了，家乡根本看不见，它离这里足有七十五座长亭。

读这样的诗，尤其要注意句子之间的关系。第三句的转折如此轻松省力，才让第四句更加掷地有声。此外，杜牧喜欢用数字入诗。譬如“二十四桥明月夜”，“娉娉袅袅十三余”，等等。这些字的声律往往不好安排，能让它们妥帖合适，也是本领所在。

◆ 潋潋：水波流动的样子。这句是说，最后一抹斜阳渐渐西沉，好像落进了波光潋滟的江水之中。

◆ 故乡七十五长亭：唐代三十里置一驿站，每站有亭。“七十五长亭”，至少在两千里外。

宋·马远·水图卷·晚日烘山

马远画过一整套《水图》，描绘江河海水的种种面貌。本幅名为《晚日烘山》，正是黄昏时分，日落山脚，晚霞流溢在江水上的景象——看水波染上了淡淡胭脂色，不正是“微阳潋潋落寒汀”吗？

对雪

唐·李商隐

旋扑珠帘过粉墙，轻于柳絮重于霜。

已随江令夸琼树，又入卢家妒玉堂。

侵夜可能争桂魄，忍寒应欲试梅妆。

关河冻合东西路，肠断斑骓送陆郎。

1月22日

《对雪》诗共二首，原有注称“时欲之东”，意思虽隐晦，仍能隐约猜到是在雪天与闺中人作别的诗。全篇多用典故，词藻华美而字面含蓄，这正是李商隐的典型面貌。雪那么纯洁美丽，只是雪美吗？是冬天的她也一样美。是她悲伤着送走了他吗？不，仿佛是他悲伤着，独自被大马载向远方。

◆ 琼树：指南朝诗人江总的名句“璧月夜夜满，琼树朝朝新”，这里或指积满了雪的树枝，也暗指佳人的美貌。

◆ 玉堂：这里指积雪覆盖的房屋。

◆ 梅妆：即梅花妆。南朝宋武帝刘裕女寿阳公主，尝仰卧于含章殿下，正值梅花盛开，吹至额间，拂拭不去。后来成为一种妆容。

◆ 陆郎：古乐府有“陆郎乘斑骓”的诗句，斑骓是毛色青白相杂的马。这里借以自譬，说明即将远行。

明·唐寅·函关雪霁图轴

画上有关山风雪，行人已离家很远，可他们的前路更远，必须绕过山石，穿过树林，才能到达远处的村庄。有人乘车，有人骑马。不知都是谁家的儿郎。

观猎

唐·王维

风劲角弓鸣，将军猎渭城。

草枯鹰眼疾，雪尽马蹄轻。

忽过新丰市，还归细柳营。

回看射雕处，千里暮云平。

1月23日

渭城在今陕西咸阳；新丰市故址在今陕西临潼东北，与渭城相距几十里；细柳营故址在今陕西西安，原是汉代名将周亚夫的营地。这里是暗暗赞美这位出猎的将军像周亚夫一样优秀。

出猎，“快”意味着一切。雪尽草枯，策马架鹰，几个地名倏忽闪过，说明将军动作神速，在平原上跑个来回，不过是一瞬间的事，神勇尽在不言中。

那么，收获呢？大雕已经打落，只剩下一片空阔辽远的黄昏。

清·袁江·山水图册·一

“回看射雕处，千里暮云平”，诗句就题写在画面左上方。画中两人一前一后骑马而行，在前者正回首遥望着城市。那城市已经被暮云遮掩，树梢外，只见几片屋顶，一座塔尖。

过天门街

唐·白居易

雪尽终南又欲春，

遥怜翠色对红尘。

千车万马九衢上，

回首看山无一人。

1月24日

终南山上积雪渐渐消融，满山绿意与红尘相对。过了腊八，又过了大寒，新年就在眼前，春天不会很远了。可是人间虽然有奔忙不休的千车万马，却没有一个人愿意稍作停留，关心一下岁序变化，回头看看山景再出发。

以“千车万马”“九衢”这样的大数，与“一人”这个极小的数字相互映照，是诗词常用的笔法。这种手法能在很有限的空间里制造出巨大的落差，使区区绝句具有振聋发聩的力量。这种力量，我们在《江雪》中，已经领略过了。

白居易自己，当然是那个看山的人；他也在提醒我们，假如条件允许，不必总是苦苦向前奔跑，偶尔也要在好风景面前停一停。

◆九衢：四通八达的道路。

清·吴宏·山水册·五

画面的主体是一片青山。低处有树，溪上有桥，顶上有寺。而画面右下角的山隙中，露出了一大片人家。“翠色对红尘”，正是如此。有谁肯去看山呢？画中没有一个人。

病马

唐·杜甫

乘尔亦已久，天寒关塞深。

尘中老尽力，岁晚病伤心。

毛骨岂殊众，驯良犹至今。

物微意不浅，感动一沉吟。

1月25日

马在古代一直很重要，在军事、交通方面都不可或缺。因此有许多典故与它相关。千里马可譬喻人才，瘦马是一生落魄的失意者，老马则像志在千里的老年人。

杜甫咏此平凡而驯良的老马，恐怕也在感慨自己的一生。这种手法，就叫作“托物言志”。但他手段高妙，引而不发，只说老马令自己感动；而后来的读者，都懂得这种含蓄的艺术，纷纷说是老杜感动了他们。

元·任仁发·二马图卷（局部）

这是借绘画来“托物言志”的名作。画中原有两匹马，一匹膘肥体壮，另一匹瘦骨嶙峋。此处所选，是那憔悴瘠瘦的一匹。它为人服务了一辈子，老病交加，依然俯首驯良，正与杜诗意蕴相符。

湘口送友人

唐·李频

中流欲暮见湘烟，苇岸无穷接楚田。

去雁远冲云梦雪，离人独上洞庭船。

风波尽日依山转，星汉通霄向水连。

零落梅花过残腊，故园归醉及新年。

1月26日

农历岁末，游子各自还家。两湖地区曾是水国，送行之际，只见雁冲雪去，人倚舟行。李频对他的朋友说，这一路行程必定壮阔：你将看见高山大川，满天星斗；会在梅花开谢中送走腊月，大概也来得及在新年时回到家乡。

这句祝愿，就像今天的“一路顺风”那样普通。可他的想象实在太宏伟了。残冬的景象居然毫不落寞，反而云蒸霞蔚，风生水起，带着昂扬奋发的气息。

◆ 湘烟、楚田：泛指今天的湖北湖南一带。后文的“云梦”“洞庭”，也只是泛指两湖水域，只不过为了对仗，也为了避免重复，诗人才选用了更加精巧的字眼。

明·陈道复·雪渚惊鸿图卷（局部）

唐诗常写归雁，古画中也常有它们的身影。“去雁远冲云梦雪”，画中的一行大雁在雪天里正奋力飞行。

题陈胜林园

唐·皇甫冉

闭门不肯偶时人，荒竹闲园莫厌贫。

腊后春风能几日，家中芳草自相亲。

1月27日

“冬天到了，春天还会远吗？”古人也有这样的期许。作者来到朋友家的小园子，赞美他孤高自处，不与时人为伍。那里花还未开，草已返青，这点绿色足以慰藉人心。

山川草木虽不能言，却总是遵循时令，年年变回原来的模样。对那些安静内向的人来说，看风景远胜于看人。

◆ 偶：与人共处。

明·沈周·东庄图册·四

画上有墙垣一道，竹树掩映房栊，檐上白灰略已剥落。小人儿独坐其间，煮茶、看古物，身后有满架书籍。果然是“不肯偶时人”。

洛阳河亭奉酬留守群公追送

唐·李益

离亭饯落晖，腊酒减春衣。

岁晚烟霞重，川寒云树微。

戎装千里至，旧路十年归。

还似汀洲雁，相逢又背飞。

1月28日

这首诗的作者有几种说法，综合各家结论，仍当归于李益。他一生常在军中，此时又要离开洛阳远赴塞上。朋友们一起追送到河亭之畔。他十分感动，写了这首诗表达心意。冬日送别，酒酣耳热之际凭高四望，但见烟霞云树年年不改。千里外返回家乡，十年间重踏旧路，此时气氛尤为凝重。

唐代五言律诗，惯例只在颔联、颈联使用对仗句。此处开头两句就用对仗领起，显得格外严肃端庄。而尾联不用对句，借景抒情，也使余情摇曳。大雁相逢又相别，正如行客出发，送客回城。它既是李益亲眼所见的实景，也是在用自然景象譬喻片刻人生。

◆ 腊酒减春衣：喝了酒，身体暖和了，脱了衣服。腊酒是腊月所酿的酒。

（传）清·石涛·野色册页·九

画中有许许多多大雁，成片远飞，而方向并不相同。小人儿独自站在桥上目送它们，不知是否和诗人一样，想到了自己命运的轨迹。

冬晚对雪忆胡居士家

唐·王维

寒更传晓箭，清镜览衰颜。

隔牖风惊竹，开门雪满山。

洒空深巷静，积素广庭闲。

借问袁安舍，翛然尚闭关。

1月29日

在一个深冬的夜里，王维被雪声惊醒。起来照照镜子，诗人不由得感慨自己随着岁月流逝而日渐衰老。耳听风竹簌簌，眼见大雪满山，广庭深巷一片岑寂，也一片素白。他想起朋友胡居士，他在这样的天气里，正干点儿什么呢？大概会像东汉的隐士袁安那样尽情高卧，不与外界往来吧。若无最后这一句牵挂的话，全篇便只是泛泛写景；有了它，既有了对方绝俗自持的形象，也有了自己诚挚的关切之情。

读诗千万不要舍弃题目。这首诗写得很简单，它好在哪儿呢？笔致严密，处处扣题。“寒更”，是冬晚。“开门”是对雪。“袁安舍”，是胡居士家。

◆ 袁安：东汉著名的政治家。有一年冬天，洛阳令到他家拜访，家门前的路都被大雪封住了。袁安正僵卧在床。洛阳令问：你为什么不出门？意思是让他出去寻求帮助。他回答说：下大雪时，人们一定都没饭吃。我不应该在这时候出去麻烦别人。后多以“袁安高卧”形容那些身处困穷不乞求于人、坚守节操的行为。

清·萧云从·山水册·四

人间有雪，屋后有竹，竹后有山，正是颔联所咏，自可当作王维这一边的景象来看；而屋中无人，架上有书，不妨设想这座小屋正是“胡居士家”，主人压根儿还没起来呢。

长安逢故人

唐·吴融

岁暮长安客，相逢酒一杯。

眼前闲事静，心里故山来。

池影含新草，林芳动早梅。

如何不归去，霜鬓共风埃。

1月30日

长安即今西安，是唐代的都城，也是许多人希望得到重用，从而改变命运的地方。大家辞别故乡，到这里来寻求机会，都不容易。所以“长安逢故人”，是有很多真心话可说的。他们必定要聊聊眼前的日子，也会回想一下在家乡生活的往昔。

此诗首尾写眼前，中间写梦想中的家乡——家乡这么好，为什么不回去呢？一定是满怀苦衷，说不完，也不能说。

◆ 故山：指家乡。诗词里的一些意象是频繁出现的，牢记它们的意思，便能事半功倍——还记得半个月前读过的“谁人在故山”吗？

◆ 如何：为什么。

◆ 风埃：风尘。

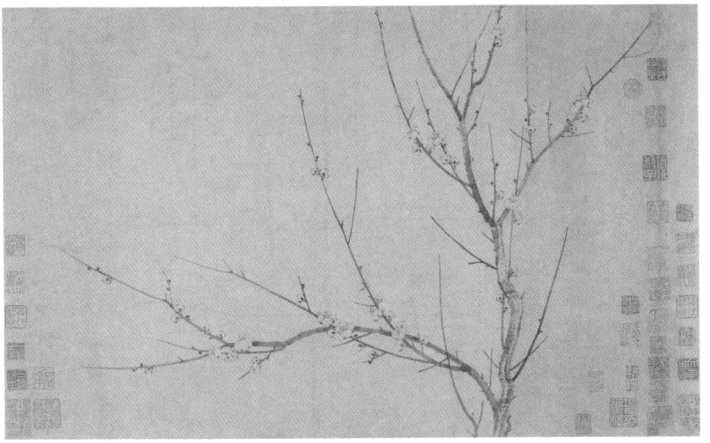

宋·扬无咎·四梅图卷（局部）

这是一幅特别著名的古画，画上的梅花纤秀而精神。“林芳动早梅”，它就要开了。如今已是腊月末尾，他乡的游子们也都盼着回家过年了吧。

春情

唐·张起

画阁余寒在，

新年旧燕归。

梅花犹带雪，

未得试春衣。

1月31日

不管人世变化多么迅速，节序总在默默轮回。这首小诗看似只在写不变的自然规律，笔下却藏着人的眼光和心情。天还很冷，燕子却已飞了回来，分明是带来了春的消息，这让诗人欣喜；梅花上还带着雪，诗人想换上轻薄的新衣服，却不能够，这又使他忧愁。

旧燕重来，新梅乍绽。年年看同样的风景，普通人很容易就会熟视无睹。要想成为一个诗人，就必须总是对周遭的事物抱有好奇心。每一次看花看燕子，都像初见时那样认真仔细。这些时间和功夫都有价值。

没有这个过程，就无法仔细体会自己的心情，更不可能写出诗来。

明·卞文瑜·梅花书屋图轴

小人儿端坐在画阁中。溪水活泼，青山温润，数株白梅绕屋盛放。端然是春天的意思了，可那人紧紧抱臂，不肯露出双手——一定还很冷呢，果然是“未得试春衣”。

杜位宅守岁

唐·杜甫

守岁阿戎家，椒盘已颂花。

盍簪喧枥马，列炬散林鸦。

四十明朝过，飞腾暮景斜。

谁能更拘束，烂醉是生涯。

2月1日

步入二月，很快就迎来新年。除夕夜，杜甫心情复杂。既觉得自己又老了一岁，又真切地体会着亲戚朋友之间的爱——这一夜如此热闹，马嘶人语，灯火通明，乌鸦扑棱棱四散惊飞。

古人四十岁已不算年轻，所以杜甫说自己即将走进人生的“暮景”，也就是黄昏。虽然不能留住时间的脚步，至少可以放纵一夜，和朋友们一起酩酊大醉。

下定决心，放浪形骸，过个好年吧！

◆ 椒盘已颂花：古时正月初一日以盘进椒，饮酒则取椒置酒中；晋人刘臻妻陈氏，正月初一曾献《椒花颂》。这句用典，是为了点明时节。

◆ 盍[hé]簪：典出于《易》，这里指朋友相聚。这一联非常著名，写人声鼎沸，深夜不眠。人们渐渐聚集，因此马槽中的马都挤挤攘攘，吵闹起来；许多火把次第点亮，所以惊飞了栖息的乌鸦。这种侧笔，构思幽微而精细，后代文人常常化用。

明·钱贡·太平春色图轴

画上梅花盛开，大人们在屋里看画。孩子们在门口点爆竹，客人正要前来拜访。又是一个新年！

酬王十八李大见招游山

唐·白居易

自怜幽会心期阻，复愧嘉招书信频。

王事牵身去不得，满山松雪属他人。

2月21日

当友人来信邀约游赏时，诗人因公事缠身，无法前往，就写下这首诗作为回答。前三句都质朴无文，像平常白话，几乎不能称之为诗；直到结句以想象中的山中风景收尾，才带出一笔遗憾之情。这也是一种高妙的技巧：把“此间”和“彼处”区隔开来，“得不到的总是最好的”。

古今如一，白居易的遭际，或许能唤起我们的共鸣。

◆ 王十八、李大：唐人喜欢用家族排行来称呼人，所以唐诗里常有这样的称谓。著名学者岑仲勉甚至撰写了一部名著《唐人行第录》，专门解决唐代文献里的这类称谓问题。

◆ 心期：这里指期望、愿望。

◆ 王事：公事。

明·蓝瑛·澄观图册·一

画上有山，有松，也有雪，小船儿上有个渔翁。文人们无暇欣赏的风景，却是渔人熟悉的日常呢。

和晋陵陆丞早春游望

唐·杜审言

独有宦游人，偏惊物候新。

云霞出海曙，梅柳渡江春。

淑气催黄鸟，晴光转绿苹。

忽闻歌古调，归思欲沾巾。

2月3日

杜审言是杜甫的祖父。这首诗是初唐律诗名篇，历代评论家对它大加赞赏，说它如同精金百炼，气象雄浑。它的形式已经非常完整，首句用韵，颔联、颈联对仗工稳，声韵错落和谐，几乎是一篇“满分作文”。

它是一首和诗。和诗有两种，或者与原作的题材相同，或者格律也和原作一致。这样的作品往往受到原作的限制，可杜审言却能将早春写得蓬勃飞动。仿佛是云霞在海上的日光中显露，梅柳迎来了满江春色；温润的春风引得鸟儿欢唱，晴和的日光转动了浮萍。仿佛一切安静的景物都有了生命，盛大的节日就要开始。最后，甚至还由物及人，自己好像是受到了自然的感召，听到了春天的呼唤，才想要辞官归家，珍重芳春。

◆ 淑气：春天温和的气息。

◆ 苹：水上浮萍。

清·华嵒·黄鹂垂柳图轴

关于黄鸟，古人有许多种说法，有人认为黄鸟即是黄鹂。春天到了，黄鹂在微风里鸣叫起来，正如画中那两只一般。